STARGÅTE

SG·1

Wolfgang Hohlbein

STARGÅTE

SG·1

Jagd ins Ungewisse

NACH DEM DREHBUCH UND DEN CHARAKTEREN
VON DEAN DEVLIN & ROLAND EMMERICH
FERNSEHBEARBEITUNG
VON JONATHAN GLASSNER & BRAD WRIGHT

BSV
Burgschmiet Verlag

Die Deutsche Bibliothek – CIP-Einheitsaufnahme –
Ein Titelsatz für diese Publikation ist bei Der Deutschen Bibliothek erhältlich.

ISBN 3-933731-26-7 – 1. Auflage 2000

Lizensiert durch CTM Concept-TV & Merchandising, München

Covergestaltung: Susanne Gebert
Lektorat: Dieter Winkler
Satz: Reiner Swientek Fotosatz

Burgschmietstr. 2-4, 90419 Nürnberg

PRINTED IN GERMANY

HELLFIRE

1

„Sieht nicht gerade sonderlich einladend aus“, stellte Jack O’Neill missmutig fest.

„Sie sollen auch nicht dorthin gehen, um Urlaub zu machen, Colonel“, entgegnete General Hammond. Für einen Moment meinte O’Neill einen geradezu zufriedenen Unterton in der Stimme des kleinen, kahlköpfigen Generals zu hören, doch als er den Kopf wandte und ihn anblickte, war das Gesicht Hammonds so ausdruckslos wie immer.

Gemeinsam mit einem Techniker befanden sie sich in dem kleinen Kontrollraum, der erhöht am hinteren Ende der Transportkammer lag. Durch eine Scheibe aus fast halbmeterdickem Panzerglas konnten sie direkt auf das SternenTor in dem Raum schräg unter ihnen blicken. Ein wenig erinnerte es an die aufrecht stehende Oberfläche eines mehrere Meter durchmessenden Sees aus Quecksilber. Von diesem Kontrollraum aus wurden alle Vorgänge um das SternenTor gesteuert, ebenso wie auch die Bewegungen der Erkundungssonde.

Jack richtete seinen Blick wieder auf das Bild, das die Drohne auf einen Monitor übertrug. Wie üblich hatte Hammond eine Sonde durch das SternenTor vorgeschickt, die ihnen verriet, was sich auf der anderen Seite befand, damit es keine unliebsamen Überraschungen für ein nachfolgendes Team gab.

Der Roboter drehte sich langsam im Kreis, um eine Rundumsicht der Landschaft auf SRX 225 einzufangen. Soweit der Blick reichte, war nichts als Sand, halb verschüttete

Gesteinsbrocken und gewaltige Dünen zu entdecken. Nirgends gab es auch nur die geringsten Anzeichen von Vegetation, nicht einmal einen einzigen verdorrten Grashalm.

„Die Gravitation beträgt 0,94 Gravos, ist also praktisch identisch mit der auf der Erde“, fuhr Hammond fort. „Die durchschnittliche Temperatur liegt bei knapp unter fünfzig Grad, Luftfeuchtigkeit bei unter zehn Prozent. Für einen Urlaub also wirklich nicht gerade ein angenehmes Fleckchen.“

Diesmal war O'Neill sicher, sich den Unterton grimmiger Zufriedenheit in seiner Stimme nicht nur eingebildet zu haben. Hammond war Soldat durch und durch, was weniger durch die zahlreichen Ehrenzeichen auf seiner Uniform als vielmehr durch seine gesamte Einstellung dokumentiert wurde. Mittlerweile hatte er eine Position und ein Alter erreicht, die ihn zwangen, von aktiven Einsätzen Abstand zu nehmen. Man hatte ihm die Leitung des Star-Gate-Projekts übertragen und diese Aufgabe erfüllte er hervorragend. Allerdings hatte O'Neill schon mehr als einmal das Gefühl gehabt, dass der General ihn und die anderen Mitglieder der SG-Teams insgeheim beneidete. Trotz der immensen Verantwortung, die er trug, war Hammond im Grunde seines Herzens kein Schreibtischmensch.

„Mit Verlaub, Sir, aber warum gerade SRX 225?“, erkundigte sich O'Neill. „Eine trostlose Einöde, in der es weit und breit keine Spuren von Zivilisation gibt. Da liegt nicht mal der Hund begraben, sondern ist höchstens im Höllenfeuer gegrillt worden.“

Damit hatte er dem Planeten zugleich schon einen Namen gegeben. *Hellfire* erschien ihm sehr viel passender als die nüchterne Bezeichnung SRX 225.

Hammond rang sich die Andeutung eines Lächelns ab, was für ihn bereits eine beträchtliche Gefühlsregung darstellte.

„Zeigen Sie es ihm“, forderte er den Techniker auf, der die Drohne steuerte. Der Mann drückte einige Knöpfe an dem Kontrollpult vor ihnen. „Sehen Sie jetzt genau hin, Colonel“, sprach Hammond weiter. „Ich habe es auch nicht auf Anhieb entdeckt.“

Der kleine, ferngesteuerte Roboter schwang herum und glitt auf einen der größeren Felsbrocken zu. Auf einen weiteren Knopfdruck Hammonds hin zoomte die Kamera auf die Oberfläche des Felsens.

„Sehen Sie jetzt, was ich meine?“, fragte Hammond.

O'Neill beugte sich ein wenig vor. Gebannt starrte er auf das vergrößerte Bild des Felsens und nickte.

„Meine Güte“, murmelte er.

Die Oberfläche des Felsens war von Sand und Wind im Laufe der Jahrtausende glattgeschmirgelt worden, doch an einer Seite schien ein Stück zu fehlen. Die Kanten an dieser Seite sahen scharf aus und waren rußgeschwärzt.

„Das ... sind Kampfspuren“, stieß O'Neill hervor, als er sich von seiner Überraschung erholt hatte. „Den Felsen muss ein Schuss aus einer Strahlenlanze getroffen haben.“

„Zumindest sieht es ganz danach aus“, bestätigte General Hammond. „Genau dürfte sich das erst aus der Nähe beurteilen lassen. Das wird Ihre Aufgabe sein, Colonel. Deshalb möchte ich, dass SG-1 nach SRX 225 geht.“ „Wenn es sich wirklich um Kampfspuren handelt, sind Sie noch nicht sonderlich alt", überlegte O'Neill laut. „Anderenfalls wären sie längst verschwunden. Wenn es auf Hellfire – sorry, ich meine auf SRX 225 – so etwas wie Sandstürme gibt, müssen sie bei diesen atmosphärischen Bedingungen eine ungeheure Gewalt entwickeln." „Ganz genau." Hammond nickte zustimmend. „Ein Grund mehr, sich die Sache aus der Nähe anzusehen. Ich möchte wissen, ob es sich wirklich um die Folgen eines Strahlenschusses handelt und, wenn ja, möglichst auch, wer dort gegen wen gekämpft hat. Rufen Sie Ihr Team zusammen, Colonel. Ich will, dass SG-1 in einer Stunde einsatzbereit ist."

O'Neill salutierte und verließ den Kontrollraum. Er hatte ein ziemlich mulmiges Gefühl im Magen.

2

Um genau zwei Minuten vor Ablauf der vereinbarten Stunde kam Daniel Jackson als letztes Mitglied von SG-1 in die Transportkammer geeilt. O'Neill, Captain Samantha Carter und Teal'c, der Jaffa, der schon vor langer Zeit die Seiten gewechselt hatte und zu ihnen übergelaufen war, warteten bereits ungeduldig auf ihn.

Jack verzichtete darauf, ihn zurechtzuweisen. Daniel hatte einen Hang zur Schusseligkeit und war gewiss alles anderes als der Prototyp eines Offiziers – doch dafür standen seine wissenschaftlichen Fähigkeiten vollkommen außer Frage. Mit der Pünktlichkeit hatte er manchmal ebenso Probleme wie mit dem Anerkennen von Autorität, aber immerhin war er noch rechtzeitig erschienen.

O'Neill wandte sich um und blickte zu Hammond hoch, der hinter der Panzerglasscheibe des Kontrollraums stand.

„SG-1 ist bereit, Sir“, teilte er knapp mit.

Unter seinen Füßen spürte er das dumpfe Rumoren der gewaltigen Generatoren, die das SternenTor mit Energie speisten. Das künstliche Wurmloch war bereits geöffnet, doch noch war die Irisblende davor geschlossen, dieser einfache, aber äußerst wirkungsvolle Schutz, den Hammonds Leute zum Schutz vor unerwünschten Eindringlingen entwickelt hatten.

O'Neill blickte die anderen der Reihe nach an. Genau wie er selbst trugen sie ihre grün-grauen Kampfanzüge mit dem SG-Emblem auf den Armen und hielten ihre automatischen Gewehre schussbereit in Händen, um auf jede Eventualität vorbereitet zu sein.

Carter und Jackson wirkten nervös, ihre Haltung war angespannt. Er konnte es ihnen nicht verdenken, ihm selbst ging es genauso. Lediglich Teal'c wirkte so gelassen wie immer. Es schien nichts zu geben, was ihn aus seiner geradezu stoischen Ruhe bringen konnte. Er aktivierte seinen Strahlenlanze und zielte mit ihr auf die Mitte der Irisblende.

Jack hatte ihnen erzählt, warum sie nach Hellfire gehen würden, worauf die Sonde dort gestoßen war. Erst während er mit ihnen sprach, war ihm selbst die Bedeutung dieser Entdeckung richtig bewusst geworden.

Die Narbe im Felsen war nicht einfach nur die Spur irgendeines Kampfes. Sie war von einem Strahlenschuss hineingebrannt worden und das einzige ihnen bislang bekannte Volk, das solche Waffen besaß, waren die Goa'uld und die ihnen unterworfenen Jaffa. Bestimmt hatten sie nicht nur so zum Vergnügen Löcher in die Felsen geschossen. Sie hatten sich auf Hellfire einen Kampf mit jemandem geliefert, der ihnen demzufolge feindlich gegenüberstehen musste.

Diesen *jemand* galt es zu finden. Möglicherweise konnten sie einen wichtigen Verbündeten in ihrem eigenen Kampf gewinnen. Möglicherweise aber würde man auch sie ohne lange zu fragen genauso angreifen wie die Goa'uld; und dieser Gedanke gefiel ihm gar nicht.

Nicht nur die Bedeutung dieser Mission war größer als in den meisten anderen Fällen, auch die Gefahr.

Natürlich war es ebenso denkbar, dass die Goa'uld nur von irgendeinem Ungeheuer angegriffen worden waren, das in der sandigen Einöde Hellfires lebte, doch sein Gefühl sagte Jack, dass dem nicht so war. Vielleicht *wollte* er auch einfach mit aller Kraft etwas anderes glauben.

„Wir öffnen jetzt die Blende", drang General Hammonds Stimme aus einem Lautsprecher.

In der Mitte des Verschlusses aus Titanium und mehrfach gehärtetem Spezialstahl öffnete sich ein zunächst nur faustgroßes Loch. Dahinter schimmerte der Quecksilberspiegel des SternenTors. Summend glitt die Blende weiter auseinander, bis sie sich völlig geöffnet hatte.

O'Neill ertappte sich dabei, wie er unruhig von einem Fuß auf den anderen trat. Er streifte eine ähnlich wie eine Taucherbrille rundum abschließende, mit einem Gummiband gehaltene Sonnenbrille über den Kopf und rückte sie zurecht, dann setzte er seine Schirmkappe wieder auf und zog den Schirm tief in die Stirn. „Also los", brummte er.

Mit langsamen, fast zögernden Schritten stieg er die Rampe zum SternenTor hinauf, verharrte unmittelbar davor noch einmal kurz und trat dann mit einem entschlossenen Schritt in das silbern schimmernde Energiefeld.

3

Wie stets musste sich Samantha Carter überwinden, um den entscheidenden Schritt hinein in das SternenTor zu machen, doch diesmal fiel es ihr noch schwerer als sonst. Es war eine beängstigende Vorstellung, dass der eigene Körper praktisch aufgelöst wurde, um durch ein bislang noch völlig unbekanntes Kontinuum zu reisen und dann an einem Lichtjahre weit entfernten Ort irgendwo in einem anderen Winkel der Galaxis wieder zu materialisieren.

Mit dieser Angst hatte sie jedoch zu leben gelernt. Diesmal kam noch etwas anderes hinzu.

SRX 225 schien schon von den klimatischen Bedingungen her die reinste Hölle zu sein, sodass ihr die inoffizielle Bezeichnung *Hellfire* äußerst passend erschien.

Vor allem aber machte ihr die Entdeckung der offenbar noch ziemlich frischen Kampfspuren zu schaffen. In ein unbekanntes und damit ohnehin stets gefährliches Gebiet vorzudringen, war eine Sache, sich freiwillig direkt in ein Kampfgebiet zu begeben, eine andere.

Sie hatte das Gefühl, geradewegs in eine Falle zu tappen und sie war nicht die Einzige, der es so erging. Ein Blick in die Gesichter von Jack und Daniel offenbarte ihr die gleiche Angst, lediglich Teal'c war wie üblich nicht anzumerken, was er fühlte.

Im gleichen Moment, in dem sie in das schimmernde Energiefeld eindrang, verspürte Carter einen Sog, der sie vorwärts riss.

Auch das war etwas, woran sie sich wohl nie gewöhnen würde. Sie hatte das Gefühl, mit unvorstellbarer Geschwindigkeit durch einen vielfach gewundenen Tunnel bloßer

Energie zu stürzen, vorbei an Sonnen und Planeten, die in aberwitziger Geschwindigkeit um sie herumwirbelten. Die verwirrenden, auf sie einprasselnden Empfindungen waren nichts weiter als Projektionen ihres Geistes, der nicht in der Lage war, das allen bekannten Naturgesetzen trotzende Kontinuum zu erfassen und ihr deshalb Bilder und Gefühle vorgaukelte, die keinen wirklichen Bezug zu ihrer Umgebung hatten.

Obwohl sie für eine Ewigkeit in diesen Mahlstrom des Grauens eingetaucht zu sein schien, verstrichen in Wahrheit nur wenige Sekunden, bis sie aus der Gegenstation des SternenTors taumelte. Wie immer erzeugte der Transport eine so enorme Kälte, dass sich Eiskristalle auf ihrer Haut gebildet hatten; die ungeheure Hitze des Höllenfeuers traf sie doppelt so schlimm und ließ sie einen kleinen, spitzen Schrei ausstoßen.

Sie hatte gewusst, welche Bedingungen sie erwarteten, aber es war eine Sache, nüchterne Daten zu kennen und eine ganz andere, ihre Bedeutung am eigenen Leib zu spüren. Unbarmherzig grell brannte die Sonne vom Himmel herab, sodass sie ohne ihre speziell für Einsätze unter solchen Bedingungen entwickelte Sonnenbrille vermutlich kaum etwas sehen konnte.

Wovor die Sonnenbrille sie jedoch nicht schützen konnte, waren die Hitze und die Trockenheit. Schon mit dem ersten Atemzug hatte sie das Gefühl, glühende Lava einzuatmen.

Ihr wurde schwindelig und sie taumelte unbeholfen einige Schritte vorwärts. Ihre Füße versanken in weichem Sand und sie wäre gestürzt, wenn Teal'c nicht gerade noch rechtzeitig zugegriffen und sie gestützt hätte.

Sie bedankte sich mit einem stummen Lächeln und machte einige vorsichtige Atemzüge, bis sie sich so weit an die klimatischen Bedingungen gewöhnt hatte, dass sie zumindest die nächsten Minuten durchzustehen glaubte. Erst dann blickte sie sich neugierig um.

Das Bild, das die Sonde vermittelt hatte, hatte nicht getrogen. Doch präziser als durch das Objektiv der Kamera war mit bloßem Auge auf Anhieb zu erkennen, dass die Narbe an dem Felsen kaum ein Dutzend Schritte von dem SternenTor entfernt tatsächlich von einem Strahlenschuss verursacht worden war.

Und sie war nicht die Einzige.

Samantha Carter ging auf einen Fleck am Boden zu, der etwas dunkler als der umliegende Sand war. Als sie sich danach bückte und den losen Sand wegwischte, entdeckte sie, dass das Erdreich darunter durch ungeheure Hitze, wie sie nur ein Strahlenschuss erzeugen konnte, kristallisiert war.

Sie richtete sich wieder auf und blickte sich beklommen um. Hinter jedem Hügel konnte ein Feind lauern und Hügel gab es in dieser Wüstenlandschaft mehr als genug. Das Gefühl, geradewegs in eine Falle zu laufen, wurde immer stärker und obwohl sie wusste, dass es sich nur um Einbildung handelte, fühlte sie sich von unzähligen unsichtbaren Augen beobachtet.

Sie packte ihr Gewehr fester. Die Waffe verlieh ihr zumindest ein trügerisches Gefühl der Sicherheit.

„Kein Zweifel", vernahm sie O'Neills Stimme, der mittlerweile den Felsen genauer untersucht hatte. „Hier ist gekämpft worden und das erst vor wenigen Tagen, sonst wären die Spuren vom Sand bereits vollständig zugeweht worden. Wir wissen nur noch nicht, wer hier gekämpft hat…"

„Jaffa", fiel Teal'c ihm knapp ins Wort.

Fragend blickte O'Neill hoch.

„Das war ein Energiestoß aus der Strahlenlanze eines Jaffa", erklärte Teal'c und deutete auf den Felsen. „Die Spuren sind eindeutig."

Neugierig trat Carter näher, doch sie konnte nichts erkennen, das ihr verriet, welche Art von Energiewaffe den Felsen getroffen hatte. Auch Jack und Daniel schienen nicht recht zu wissen, was sie von Teal'cs Äußerung halten sollten. Schließlich zuckte O'Neill die Achseln.

„Nun, du musst es wissen", sagte er lapidar. „Außerdem liegt der Verdacht nahe. Nun müssen wir nur noch herausfinden, gegen wen die Jaffa gekämpft haben. Also durchkämmen wir erst einmal die nähere Umgebung."

„Sollen wir zwei Gruppen bilden?", erkundigte sich Samantha. Schon nach den wenigen Minuten auf Hellfire schwitzte sie so stark, dass ihr ihre Uniform feucht am Körper klebte. Zu allem Überfluss war der Sand auch noch so fein, dass sie bei jedem Schritt bis zu den Knöcheln einsank, wodurch das Gehen erschwert wurde. Sie hatte nur den einen Gedanken: *Möglichst schnell weg von hier…*

Jack grinste kurz, als habe er den Grund für ihren Vorschlag sofort durchschaut. „Wir bleiben zusammen. Alles andere wäre auf diesem Höllenplaneten viel zu gefährlich."

Mit dieser Entscheidung sprach er Carter geradewegs aus der Seele. In Gegenwart der anderen fühlte sie sich wesentlich wohler, als wenn sie allein in diesem überdimensionalen Sandkasten herumgelaufen wäre.

Sie hatten sich erst wenige Dutzend Meter von dem SternenTor entfernt, als sie auf weitere Kampfspuren stießen. Auch hier war der Sand an mehreren Stellen unter ungeheurer Hitze zu Glas erstarrt. Sie bückte sich und strich mit den Fingerspitzen über eine der glasierten Stellen.

„Achtung!“, brüllte O’Neill im gleichen Moment hinter ihr. „Todesgleiter der Goa’uld!“

Carter fuhr herum. Einen Herzschlag lang starrte sie entsetzt zu den drei bumerangförmigen Fluggeräten hinüber, die unvermittelt hinter dem Hügelkamm im Norden aufgetaucht waren, dann übernahmen ihre in jahrelangem Drill geschärften Instinkte die Kontrolle über ihr Handeln. Ohne weiter nachzudenken hetzte sie los, überwand die letzten zwei Meter mit einem gewaltigen Sprung und warf sich hinter einem der Felsbrocken in Deckung.

Eine Falle! hämmerte es in ihren Gedanken. Verdammt, ihr Gefühl hatte sie nicht getrogen. Hellfire war nichts weiter als eine lausige Falle und sie waren blindlings hineingetappt. Die Jaffa hatten sie bereits erwartet!

Rasend schnell schossen die Angriffsjäger heran und eröffneten im nächsten Moment aus ihren Strahlenkanonen das Feuer. Carter sah orangefarbene Blitze aufzucken, die Risse aus grellem Licht in den Himmel zu brennen schienen. Wo sie einschlugen, verdampften Sand und Gestein. Staub und Rauch wurden von der Wucht der Explosionen in die Höhe geschleudert. Der in der ohnehin schon mörderischen Hitze doppelt so schlimm spürbare Gluthauch strich wie eine feurige Hand über Carters Rücken und ließ sie gequält aufschreien. Noch einmal gaben die Jäger eine Salve ab, verwandelten die Landschaft in ein Inferno aus Explosionen und kochendem Sand, dann waren sie vorbei.

Samantha Carter richtete sich hinter ihrer Deckung auf. Der Fels war so heiß geworden, dass sie ihn nicht berühren konnte und sogar ein Stück davon abrücken musste.

Ihr war klar, dass sie nur wenige Sekunden Zeit gewonnen hatte. Aus leidvoller Erfahrung wusste sie, wie ungeheuer wendig die kleinen Jäger trotz ihrer hohen Geschwindigkeit waren. Rauch und aufgewirbelter Staub nahmen ihr die Sicht, sodass sie nicht sehen konnte, wo sich die anderen befanden, aber sie erkannte, dass die Piloten ihre Maschinen bereits in einer wahnsinnig engen Kehre herumrissen und erneut auf sie zu hielten.

Irgendwo hämmerte ein automatisches Gewehr los: O'Neill oder Daniel, die auf die Flieger schossen. Gleich darauf blitzte es auch hinter einem der Felsen auf, als Teal'c seine Strahlenlanze abfeuerte. Ein greller Lichtblitz raste auf die Todesgleiter zu, verpuffte jedoch harmlos ein Stück über ihnen in der Luft.

Carter hielt ihre Gewehr noch immer fest umklammert, aber sie schoss nicht. Die Jäger waren zu weit entfernt, als dass sie ihnen mit dieser Waffe etwas anhaben könnte. Der Rauch ließ sie husten und trieb ihr die Tränen in die Augen. Schemenhaft sah sie ein Stück entfernt eine Gestalt aufspringen und auf das Kontrollelement des SternenTors zurennen.

Daniel.

Mit knapper Not erreichte er sein Ziel und warf sich hinter dem monolithischen Block in Deckung, ehe die Jäger erneut feuerten. Wieder und wieder fiel tödliches Feuer vom Himmel.

Carter wälzte sich auf den Rücken und gab einen Feuerstoß aus ihrer Waffe ab, als einer der Jäger direkt über sie hinwegstrich. Wirkungslos prallten die Geschosse vom stählernen Bauch der Maschine ab. Sie hörte die Schüsse nicht einmal. Der Lärm der heranrasenden Jäger und das Donnern der Explosionen verschluckten jeden anderen Laut.

Nur wenige Meter neben ihr schleuderte eine Explosion eine Fontäne aus Sand und Dreck in die Höhe. Carter rollte sich herum und barg schützend ihr Gesicht in den Armen. Trotzdem stöhnte sie vor Schmerz, als die heißen Körnchen auf sie niederprasselten. Für einige Sekunden war sie benommen und unfähig, sich zu rühren.

Als sie schließlich den Kopf hob, stand Daniel bereits wieder an dem Kontrollpult und ließ seine Hände über die Bedienungselemente huschen. Der innere Ring des SternenTors drehte sich und in scheinbar quälender Langsamkeit rastete eine Klammer nach der anderen ein.

Auch O'Neill und Teal'c waren aufgesprungen und rannten auf ihn zu. Während des Laufens jagte der Jaffa den heranrasenden Jägern einen Blitz nach dem anderen aus seiner Strahlenlanze entgegen. Und das Wunder geschah: Eine der Flugmaschinen explodierte in einem lodernden Feuerball. Die beiden anderen drehten nach rechts und links ab, um nicht in die Glutwolke hineinzurasen. Carter hätte vor Freude am liebsten laut aufgeheult, obwohl sie wusste, dass dieser Erfolg für sich genommen fast wertlos war, denn die Jäger wendeten bereits wieder und formierten sich zum nächsten Angriff.

„Sam!", brüllte O'Neill. „Zum Teufel, wo bleibst du?"

Sie zögerte nicht länger, sprang aus ihrer Deckung auf, um zu den anderen hinüberzulaufen; doch ihr Vorrat an Glück war offenbar verbraucht. Als sie gerade erst zwei

Schritte gemacht hatte, schlug kaum einen Meter neben ihr ein weiterer Strahlenblitz ein und schleuderte sie mit mörderischer Wucht zu Boden. Ein heftiger Schmerz durchzuckte ihr rechtes Bein. Als sie an sich herabblickte, starrte sie geradewegs auf ihre über der Wade zerrissene und angesengte Uniformhose. Eine hässliche Brandwunde klaffte darunter, blutete aber wenigstens kaum. Einer der glühenden Gesteinstrümmer hatte sie getroffen, ihr Bein aber glücklicherweise nur gestreift.

Als Samantha Carter den Kopf wieder hob, bemerkte sie mehr als ein Dutzend dunkler Gestalten, die auf der Kuppe eines Hügels auftauchten. Sofort eröffneten die Jaffa das Feuer aus ihren Strahlenlanzen. Explosionen blitzten dicht bei dem SternenTor auf, ließen O'Neill und die anderen hinter einem Vorhang aus Rauch und Staub verschwinden, aber selbst durch die wogenden Schleier hindurch erkannte sie, wie sich im Inneren des SternenTors der bekannte Strudel aus ungeheuren Energien aufbaute und in einer meterlangen Eruption daraus hervorbrach, ehe sich das Kraftfeld zu seiner quecksilberartigen Fläche stabilisierte.

Der Anblick verlieh ihr noch einmal neue Kraft. Erneut richtete sie sich auf, wesentlich vorsichtiger als beim ersten Mal. Tränen schossen ihr in die Augen, als sie mit dem verletzten Bein auftrat, aber entschlossen kämpfte sie den Schmerz nieder und humpelte halb blind vorwärts, so schnell sie nur konnte.

Wieder donnerten die beiden noch verbliebenen Angriffsjäger über sie hinweg. Irgendwo zuckten Strahlenblitze auf. Die Tragfläche eines der Jäger wurde abgerissen, die Maschine aus der Bahn geschleudert. Haltlos trudelnd schoss sie geradewegs auf den zweiten Jäger zu und im gleichen Moment, in dem sie miteinander kollidierten, schien eine grelle Explosion den Himmel von einem Ende zum anderen aufzureißen und in Flammen zu setzen.

Feuer und glühende Trümmerstücke regneten vom Himmel herab. Die Druckwelle traf Carter wie der Fußtritt eines unsichtbaren Riesen und schleuderte sie durch die Luft. Das Letzte, was sie sah, war ein riesiger Felsbrocken, der geradewegs auf sie zuzurasen schien; dann traf ein weiterer, noch härterer Schlag ihren Körper und löschte ihr Bewusstsein aus.

SPRUNG INS NICHTS

1

Jack O'Neill fluchte erbittert vor sich hin. Vom ersten Moment an hatte er ein ungutes Gefühl gehabt, was Hellfire betraf und wieder einmal hatte seine Intuition Recht behalten. Sie waren lediglich ein Erkundungstrupp mit dem Auftrag herauszufinden, wer auf SRX 225 gekämpft hatte und wie sich das zum Vorteil der Menschheit nutzen ließ.

Bis jetzt begriff er noch nicht, was das alles zu bedeuten hatte. Da so nah am SternenTor gekämpft worden war, war er automatisch davon ausgegangen, dass die Bewohner von Hellfire die Goa'uld und Jaffa bei deren Ankunft angegriffen hatten.

Stattdessen aber hatten die Jaffa ihnen ganz offensichtlich schon aufgelauert. Die Kampfflieger und die Krieger waren nicht zufällig aufgetaucht, sondern hatten im Hinterhalt gelegen, als ob sie im Voraus gewusst hätten, dass sie kommen würden. Sie – oder sonst irgendjemand, was eine Menge Platz für Spekulationen ließ. O'Neill verdrängte alle Gedanken daran. Dafür war später noch Zeit, im Moment halfen sie ihnen nicht weiter. Sie konnten von Glück sagen, wenn es ihnen gelang, Hellfire wieder lebend zu verlassen.

Aus der Deckung eines Felsens heraus wartete er dicht neben Teal'c, bis die Flieger über sie hinweggebraust waren und der Beschuss zumindest für einen Moment aufhörte, dann erst hob er den Kopf. Daniel hatte sich bereits wieder hinter dem Kontrollpult aufgerichtet. In fliegender Hast drückte er auf einige der Symbole. Im gleichen Moment, in dem er abschließend seine Hand auf den kopfgroßen roten Stein in der Mitte der Fläche drückte, schoss der Strudel wie eine Fontäne aus Quecksilber aus der Mitte des SternenTors hervor und das Energiefeld stabilisierte sich.

O'Neill zögerte nicht länger. Die Angriffsjäger hatten bereits wieder gewendet und kamen erneut herangeschossen, und auch die Jaffa selbst waren mittlerweile nahe genug herangekommen, um sie mit ihren Waffen zu erreichen. Immerhin aber wussten sie anscheinend nicht, wo genau sie sich befanden, denn ihre Energieblitze schlugen in weitem Umkreis ein.

„Sam!", brüllte er noch einmal, während er aufsprang und neben Teal'c geduckt auf das SternenTor zurannte. „Wo bleibst du?"

Er bekam keine Antwort.

Daniel erwartete sie direkt vor dem SternenTor und griff nach seinem Arm. „Da ist etwas, das ich dir..."

„Nicht jetzt! Hast du den Transmittercode gesendet?"

„Ja aber..."

„Verdammt, worauf wartest du dann noch?", blaffte O'Neill und versetzte ihm einen Stoß, der ihn direkt in das Energiefeld hineintaumeln ließ. Auch Teal'c brachte sich mit einem Sprung durch das SternenTor in Sicherheit, doch O'Neill zögerte noch einen Moment, ihm zu folgen.

„Carter!", brüllte er noch einmal so laut er konnte und blickte sich um. Seine Stimme ging im Donnern der Explosionen fast unter. Einige Strahlenblitze schlugen nur wenige Schritte von ihm entfernt ein und es war unmöglich, in dem Inferno aus Rauch, Staub und hochspritzendem Sand irgendetwas zu erkennen.

Er war Berufssoldat und schon bevor er zu SG-1 gestoßen war, waren bei den verschiedensten Einsätzen Männer und Frauen gestorben, die unter seinem Kommando dienten. Es war jedes Mal aufs Neue schrecklich und auch wenn er gelernt hatte, damit fertig zu werden, war es ihm noch nie so schwer gefallen wie jetzt.

Samantha Carter war mehr als nur irgendein Mitglied eines Einsatzkommandos, das er anführte. Genau wie Daniel und Teal'c war sie zu einem Freund geworden. Er wusste nicht einmal, ob sie überhaupt noch lebte und das machte es fast noch schlimmer, denn er hatte das Gefühl, sie bereits im Stich gelassen zu haben.

Trotzdem konnte er nicht länger zögern. Mit jeder Sekunde, der er wartete, brachte er sich in höchste Lebensgefahr. Wieder schlug ein Energieblitz so dicht neben ihm ein, dass er die Hitze und die Druckwelle der Explosion deutlich spürte. Jack fuhr herum und stürzte sich mit einem Sprung in das Energiefeld des SternenTors.

2

Die Gestalten schienen geradewegs einem Alptraum entsprungen zu sein. Zunächst erkannte O'Neill nur verschwommene dunkle Schemen, bis er seine Sonnenbrille auf die Stirn hochschob und auch dann dauerte es noch einige Sekunden, bis seine Augen sich an das wesentlich gedämpftere Licht gewöhnten und er die Gestalten genauer erkennen konnte.

Sie trugen martialisch aussehende Uniformen aus grau-schwarzem Metall, die ein wenig an mittelalterliche Ritterrüstungen erinnerten, aber wesentlich feingliedriger gearbeitet waren. Ihre Köpfe waren nicht die von Menschen, sondern die überdimensionale stählerne Nachbildung von Katzenköpfen mit rot glühenden Kristallen anstelle von Augen. Obwohl O'Neill wusste, dass es sich nur um Maskenhelme handelte, nahm es dem Anblick nichts von seinem Schrecken.

Fassungslos starrte er die mehr als ein Dutzend Jaffa an, die in einem Halbkreis vor dem SternenTor standen und ihre Strahlenlanzen auf Daniel, Teal'c und ihn selbst gerichtet hielten. Seine Gedanken überschlugen sich.

„Wirf deine Waffe weg, Mensch!", befahl einer der Jaffa. Seine Stimme klang dumpf und verzerrt unter dem Helm hervor, sodass die Worte kaum zu verstehen waren.

Im gleichen Moment erlosch hinter ihm das Energiefeld des SternenTors. Nur der leere Ring blieb übrig. Erschrocken zuckte Jack zusammen und erwachte aus seiner Erstarrung. Er zögerte noch einen Moment lang, dann tat er es seinen Begleitern gleich und ließ das Gewehr fallen. Angesichts der erdrückenden Übermacht wäre ohnehin jede Gegenwehr sinnlos.

Wie um alles in der Welt kamen die Jaffa hierher?

Er löste seinen Blick von den Gestalten vor sich und blickte sich genauer um. Im gleichen Moment begriff er, dass die Frage falsch gestellt war. Richtig lautete sie, wie sie *selbst* hierher gelangt waren – wo immer dieses *hier* auch sein mochte.

Fest stand nur, dass sie nicht in der Gegenstation auf der Erde aus dem SternenTor herausgekommen waren. Stattdessen befanden sie sich in einer riesigen Halle, deren Wände mit den fremdartigen Symbolen der Goa'uld bedeckt waren.

„Was ist mit Sam?“, fragte Daniel voller Sorge.

„Schweig!“, fiel ihm der Jaffa, der ihn vorher schon angesprochen hatte, ins Wort und unterstrich seinen Befehl, indem er seine Strahlenlanze ein wenig anhob. Er musterte sie der Reihe nach. „Teal'c, der Verräter, Jack O'Neill und Daniel Jackson, kein Zweifel. Ich habe bereits viel von euch gehört und freue mich, dass wir uns nun persönlich begegnen, wenn auch unter recht unerwarteten Umständen.“

Er machte eine knappe Kopfbewegung. Drei seiner Begleiter traten vor, durchsuchten Jack, Daniel und Teal'c und nahmen ihnen alles ab, was sie an weiteren Waffen oder sonstiger technischer Ausrüstung bei sich trugen.

„Folgt mir!“, befahl der Jaffa.

Jack und seinen Begleitern blieb gar nichts anderes übrig, als seinem Befehl nachzukommen, da die anderen Jaffa sich zu einer Eskorte um sie herum formierten und sie mit ihren Strahlenlanzen vorwärts trieben. Er erntete einige schmerzhafte Stöße, als er sich nicht schnell genug in Bewegung setzte.

Die Jaffa führten sie zu einem Ausgang am hinteren Ende der Halle und von dort über einen langen Gang. Immerhin verzichtete man darauf, sie zu fesseln, wie Jack erleichtert feststellte.

„Wo sind wir hier?“, raunte er Daniel zu. Er rechnete damit, einen weiteren schmerzhaften Stoß mit einer Strahlenlanze zu kassieren, doch keiner der Jaffa reagierte und so fügte er hinzu: „Wieso sind wir nicht auf der Erde?“ „Das wollte ich dir sagen, als wir noch auf Hellfire waren, aber du hast mich ja nicht zu Wort kommen lassen“, entgegnete der Wissenschaftler. „Aber jetzt sag mir erst, was mit Sam ist. Ist sie…“

Jack zuckte mit den Schultern. Er wollte jetzt nicht daran denken. „Ich weiß es nicht", antwortete er ausweichend. „Sie ist einfach nicht gekommen."

„Mein Gott. Wenn diese verdammten Bastarde sie getötet haben, werde ich..."

„Reiß dich zusammen", fiel Jack ihm scharf ins Wort. „Wenn wir die Nerven verlieren, ist alles aus. Und jetzt antwortete mir endlich. Wieso sind wir hier? Ein Fehler bei der Eingabe?"

„Nein, ich bin sicher, dass ich die richtigen Koordinaten eingestellt habe."

„Trotzdem ist das hier ja wohl kaum die Erde."

„Das ist ja gerade das Merkwürdige, auf das ich dich aufmerksam machen wollte. Als ich den Kristall in der Mitte des Pultes gedrückt habe, habe ich etwas Seltsames gespürt, so wie nie vorher. Ich kann es nicht richtig beschreiben. Es war eine Art Kribbeln und das Tor öffnete sich, kaum dass ich den Kristall auch nur leicht berührt hatte, statt dass ich fest darauf drücken musste."

„Und was soll das bedeuten?"

„Ich weiß es nicht", gestand Daniel achselzuckend. „Für mich ist das alles so unerklärlich wie für dich. Das Einzige, was ich mir vorstellen könnte..."

„Was?", hakte O'Neill nach, als er nicht von sich aus weitersprach.

„Ich könnte mir vorstellen, dass ich gar nicht dazu gekommen bin, das SternenTor mit den von mir eingegebenen Koordinaten zu aktivieren, weil es fast zeitgleich bereits von einer anderen Seite aus geöffnet wurde", erklärte er zögernd. „Nämlich von hier aus. Der Zeitunterschied kann nur den Bruchteil einer Sekunde betragen haben, aber das hat dazu geführt, dass wir hierher gelangt sind statt zurück zur Erde. Anscheinend wollten die Jaffa das Tor gerade von hier aus durchschreiten, doch wir sind ihnen zuvorgekommen." „Und so etwas ist möglich?"

„Wir haben noch nie etwas Vergleichbares ausprobiert, dazu hatten wir gar nicht die Möglichkeit und solange nicht das Gegenteil erwiesen wird, sollten wir es als gegeben hinnehmen."

„Aber...es wäre ein schier unglaublicher Zufall", wandte Jack ein.

„Wirklich? Ob sie eine halbe Sekunde vor uns nach Hellfire gehen wollten, ist rein mathematisch nicht weniger wahrscheinlich oder unwahrscheinlich, als wenn sie fünf Minuten später gekommen wären, nur wäre es uns dann erst gar nicht aufgefallen."

Jack warf ihm einen schiefen Blick zu.

„Ach ja? Dann rechne mir doch bitte mal rein mathematisch die Wahrscheinlichkeit dafür aus, dass zwei solche Transporte zur gleichen Zeit stattfinden."

„Wenn du es so siehst, dann..."

Jack hörte ihm nicht weiter zu. Vielleicht stimmte Daniels Theorie, aber im Moment spielte es keine Rolle, *wie* sie hierher gekommen waren. Entscheidend war nur, *dass* sie hier waren, als Gefangene ihres Feindes, direkt in der Höhle des Löwen – oder besser gesagt, der Katze.

„Katzenköpfe", wandte er sich erneut an Daniel, da dieser sich in der ägyptischen Mythologie wesentlich besser als er selbst auskannte. „Was hat das zu bedeuten? Mit wem haben wir es hier zu tun?"

Bevor Daniel antworten konnte, blieb der Jaffa, der die Gruppe anführte, stehen und drehte sich zu ihnen um.

„Ihr befindet euch im Palast der erhabenen Göttin Bastet“, sagte er. „Sie wird entscheiden, was weiter mit euch geschieht.“

„Dann bringt uns zu ihr“, verlangte Daniel unbeherrscht. „Ihr werdet uns ja doch töten, warum es also lange herauszögern?“

„Euch töten?“, Der Jaffa berührte eine Taste an seinem Kragen und der martialische Katzenhelm faltete sich blitzartig zusammen. Das Gesicht eines etwa dreißigjährigen Mannes kam darunter zum Vorschein, doch O’Neill wusste, dass das Alter eines Jaffa nicht mit normalen Maßstäben zu schätzen war, da der Goa’uld-Parasit in ihnen ihre Alterung extrem verlangsamte. Ein spöttisches Lächeln spielte um die Lippen des Mannes. „Warum sollten wir etwas so Dummes tun? Wir versuchen schon seit langem, Kontakt mit euch Menschen aufzunehmen.“

„Um zu vollenden, was Ra und Apophis vergeblich versucht haben?“, entgegnete Daniel bitter. Seit die Goa’uld seine Frau Sha’uri entführt hatten, hasste er sie mehr als jeder andere von ihnen.

„Ihr seid voller Bitterkeit und Hass“, stellte der Jaffa fest. Seine Stimme klang betrübt. „Ich kann es euch nicht einmal verdenken, aber ihr solltet nicht alle Goa’uld über einen Kamm scheren. Nicht alle sind wie Ra und Apophis.“

O’Neill wusste, dass Daniel etwas erwidern wollte und hob rasch die Hand, um ihn zum Schweigen zu bringen.

„Was willst du damit sagen?“, fragte er stattdessen.

Der Jaffa schüttelte den Kopf. „Ich habe schon viel zu viel gesagt. Die Erhabene wird euch selbst alles Notwendige erklären. Bis dahin betrachtet euch als unsere Gäste.“

„Gäste?“, hakte O’Neill nach. Er versuchte erst gar nicht, sein Misstrauen zu verbergen, aber sein Herz schlug unwillkürlich schneller. „Du meinst, wir sind keine Gefangenen? Wir können gehen, wohin wir wollen?“

„Nun, nicht ganz. Jedenfalls noch nicht. Die Erhabene allein wird über euer weiteres Schicksal entscheiden“, erklärte der Jaffa. „Aber bis dahin steht ihr unter meinem Schutz, dem Schutz von Sha’tar, dem Sher-Tekaschsch Bastets. Niemand wird euch ein Leid antun.“

„Wie wäre es, wenn ihr uns als Zeichen eures guten Willens erst einmal unsere Waffen zurückgeben würdet?“, stieß Daniel hervor.

Sha’tar antwortete nicht einmal. „Kommt jetzt“, sagte er stattdessen nur. Ohne ihnen Gelegenheit zu weiteren Fragen zu geben, drehte er sich um und ging mit raschen Schritten weiter.

O’Neill hatte das Gefühl, dass sich in seinem Kopf alles drehte. Er fühlte sich wie betäubt. Wenn das, was Sha’tar gerade angedeutet hatte, sich bewahrheitete…

Er gestattete sich nicht, den Gedanken weiterzuspinnen, um erst gar keine falsche Hoffnung in sich aufkeimen zu lassen, die womöglich nur eine noch bitterere Enttäuschung nach sich ziehen würde. Verwirrt folgte er ihm und den anderen Jaffa, bis sie einen kleinen Raum erreichten.

„Wartet hier!“, befahl Sha’tar. „Ich werde euch holen lassen, wenn die Erhabene bereit ist, euch zu empfangen.“

3

„Bastet, die Katzengöttin“, schnaubte Daniel, kaum dass sich die Tür hinter ihnen geschlossen hatte und sie allein in dem Raum waren. Wütend ging er auf und ab und gestikulierte dabei wild mit den Händen. „Gäste, pah! Für mich sieht das aus wie ein ganz normales Gefängnis und Sha'tars Zusicherung ist nichts anderes als die Beteuerung des Henkers, niemandem etwas anzutun, ehe der Richter sein Urteil gefällt hat. Ihr fallt doch hoffentlich nicht auf diesen ganzen Unsinn herein?"

„Das Haus Bastet ist bei den anderen Goa'uld nicht besonders gut angesehen", entgegnete Teal'c. „Es ist seit langem schon als rebellisch und aufsässig bekannt. Die Katzengöttin hatte schon immer ihren eigenen Willen und ging ihren eigenen Weg." Das war eine bemerkenswert lange Rede für den schweigsamen Jaffa, was seine Worte noch gewichtiger erscheinen ließ.

„Sie hat sich gegen die anderen gestellt?", vergewisserte sich O'Neill aufgeregt. „Warum hast du uns nicht schon längst davon erzählt? Eine Verbündete wie sie wäre für uns unvorstellbar wichtig."

„Du irrst dich", antwortete Teal'c. „Sie würde ein solches Bündnis nur schließen, wenn es ihr einen eigenen Vorteil verschaffen würde und sie würde keinen Moment zögern, eure Welt zu überfallen, wenn sie dadurch ihre Macht vergrößern könnte. Man darf ihr nicht trauen."

„Kannst du das etwas genauer erklären?"

Teal'c machte eine weitausholende Geste.

„Ich kann nur wiedergeben, was ich selbst gehört habe, aber es gibt keinen Beweis, dass es stimmt. Zwischen Apophis und Bastet herrschte ein sehr angespanntes Verhältnis und er hat stets nur schlecht über sie gesprochen. Ich habe den Eindruck gewonnen, dass sie nicht weniger machtbesessen als die anderen Führer der Goa'uld ist, dabei aber listiger und verschlagener als viele von ihnen. Sie würde sich niemals offen gegen sie stellen, aber sie kämpft aus dem Verborgenen heraus gegen sie. Allerdings nur, wenn es ihr einen Vorteil bringt und sie eine Möglichkeit sieht, dadurch die Größe und den Einfluss ihres Hauses zu erweitern."

„Das war's dann wohl", seufzte Daniel. „Es gibt bei uns eine Redewendung, die davon handelt, den Teufel mit dem Beelzebub auszutreiben. So ähnlich wäre es wohl hier. Also vergessen wir's."

„Nicht so voreilig", widersprach Jack. „Eine solche Entscheidung will gut überlegt sein. Was weißt du noch über Bastet und ihre Streitigkeiten mit den anderen Goa'uld?"

„Nicht viel", behauptete der Jaffa. „Ihr Erzfeind ist Anubis, denn er hat sie einst hintergangen und einen Teil ihres Reiches an sich gerissen, wodurch sie erheblich an Macht verlor. Seither sinnt sie auf Rache. Ihr Hass gilt in erster Linie Anubis, aber sie hat sich auch mit vielen der anderen falschen Götter überworfen, weil sie sich damals auf seine Seite gestellt haben. Sie haben ihr den Denkzettel gegönnt, weil sie als besonders hochmütig und selbstherrlich bekannt war."

„Was soll das?", ergriff Daniel wieder das Wort. „Jack, du denkst doch nicht ernsthaft daran, mit ihr irgendeinen Pakt zu schließen? Du hast doch gehört, dass sie genauso schlimm wie die anderen Goa'uld ist. Wir würden nur eine zusätzliche Gefahr für die Erde heraufbeschwören, wenn wir uns mit ihr einließen."

„Wir haben uns bereits mit ihr eingelassen, weil wir ihre Gefangenen sind", erinnerte ihn O'Neill mit sanftem Spott in der Stimme.

„Verdammt, du weißt genau, was ich meine."

„Im Moment weiß ich nur, dass sich uns hier eine Chance bietet, wie wir sie vielleicht niemals wieder erhalten werden."

„Ja, die Chance, die Erde zu einer neuen Kolonie von Bastets Reich zu machen", stieß Daniel giftig hervor.

Jack schüttelte sanft den Kopf. Er konnte Daniel verstehen. Sein eigenes Vertrauen in die Goa'uld, gleichgültig in welchen von ihnen, war nicht größer als Daniels und er verabscheute ihre Skrupellosigkeit und Machtbesessenheit nicht weniger als dieser, doch ließ er sich von seinem Hass nicht seinen klaren Verstand trüben.

„Alles, was die Erde betrifft, steht hier überhaupt nicht zur Debatte", erklärte er kategorisch. „Ich habe bestimmt nicht vor, Bastet irgendetwas zu verraten, was uns schaden könnte. Trotzdem sollten wir uns zumindest anhören, was sie überhaupt von uns will, bevor wir uns entscheiden. Vielleicht kann sie uns ebenso von Nutzen sein, wie wir ihr, wenn wir geschickt vorgehen." Er straffte sich. „Und jetzt kein Wort mehr darüber, bis wir mehr wissen. Ich muss in Ruhe nachdenken."

Daniel setzte trotzdem dazu an, noch etwas zu sagen. O'Neills Gesicht wurde eine Spur härter und in seinem Blick schwang plötzlich eine Warnung mit. Erschrocken klappte der junge Wissenschaftler den Mund wieder zu, ohne das ein einziges Wort über seine Lippen gekommen war.

O'Neill wandte sich ab.

GESTRANDET IM NIRGENDWO

1

Als sie wieder erwachte, spürte Samantha Carter, dass sie kaum mehr als einige Sekunden bewusstlos gewesen sein konnte, aber in dieser Zeit hatte sich ihre Umgebung vollends in die Hölle verwandelt, nach der sie diesen Planeten benannt hatten. Die ganze Welt um sie herum schien in Flammen zu stehen. Brennende und bis zur Unkenntlichkeit deformierte Trümmerstücke lagen überall verstreut, stinkender Rauch erfüllte die Luft und der Boden schien stellenweise zu kochen. Immer wieder zuckten irgendwo Strahlenblitze auf. Eine fast gespenstische Lautlosigkeit lag über der Szene.

Sie verschwendete ein, zwei Sekunden damit, sich darüber zu wundern, dass sie noch am Leben war, dann überwand sie ihre Benommenheit. Ihr erster Blick galt dem SternenTor. Enttäuscht stöhnte sie auf, als sie sah, dass es wieder erloschen war. Damit war ihr der einzige Fluchtweg versperrt.

Carter verdrängte alle Gedanken daran, was das für sie bedeutete. Erst wenn sie der Verzweiflung gestattete, Besitz von ihr zu ergreifen, war sie wirklich verloren. Stattdessen blickte sie sich genauer um.

Der gleiche Felsen, gegen den die Druckwelle sie geschleudert hatte, hatte ihr auch Deckung geboten und ihr dadurch wahrscheinlich das Leben gerettet, doch sie fühlte sich, als wäre eine ganze Büffel-Herde über sie hinweggetrampelt. Es schien keine Stelle ihres Körpers zu geben, die nicht wehtat und als sie sich bewegte, um in eine etwas bequemere Position zu rutschen, stöhnte sie vor Schmerz. Zumindest glaubte sie, dass sie es tat, denn sie hörte nichts. Erst jetzt begriff sie, dass die unnatürliche Stille daherrührte, dass ihre Trommelfelle vom Knall der Detonation in Mitleidenschaft gezogen worden waren.

Ungeachtet der Schmerzen richtete sich Carter in eine halbwegs sitzende Position auf und spähte über den Rand des Felsens.

Ihre Ohnmacht konnte tatsächlich nur kurz gedauert haben, denn die Jaffa waren gerade mal ein, zwei Dutzend Schritte näher gekommen. Carter konnte sie nur als Umrisse inmitten des schwarzen, fettigen Rauchs erkennen, doch sie sah genug, um zu begreifen, dass sie verloren war. Es handelte sich um mindestens zehn, fünfzehn Jaffa und sie befand sich nicht in dem Zustand, sich im Kampf gegen eine solche Übermacht auch nur die geringste Chance auszurechnen.

Samantha Carter schloss mit ihrem Leben ab, aber sie war dennoch entschlossen, ihre Haut so teuer wie möglich zu verkaufen. Das Gewehr war ihr beim Sturz aus den Händen geglitten, lag aber nicht einmal einen Meter neben ihr. Sie beugte sich zur Seite und nahm die Waffe wieder an sich. Sie würde sich nicht kampflos ergeben. Sollten die Jaffa sie ruhig erschießen; ein schneller Tod im Kampf war auf jeden Fall gnädiger, als ihnen lebend in die Hände zu fallen.

Immer noch sah sie vereinzelt Strahlenschüsse aufblitzen, doch der Rauch war zu dicht, als dass sie erkennen konnte, worauf die Jaffa schossen. Auch vernahm sie mittlerweile wieder gedämpft das Wummern der Explosionen; ihr Gehör kehrte allmählich zurück. Wahrscheinlich wussten die Jaffa nicht, wo genau sie sich befand oder ob sich nicht noch andere Gegner irgendwo versteckt hielten, sodass sie das ganze Gebiet weitflächig beschossen. Sie hoffte, dass Daniel, O'Neill und Teal'c die Flucht gelungen war. Sie waren so nah am SternenTor gewesen, dass sie es eigentlich geschafft haben müssten.

Noch einmal warf Carter einen raschen Blick über ihre Deckung. Die Jaffa wussten offenbar wirklich nicht, wo genau sie sich befand. Zwar näherten sie sich sehr schnell, hielten aber nicht direkt auf sie zu. Wenn sie ihre bisherige Richtung beibehielten, würden sie sie um rund zehn bis fünfzehn Meter verfehlen. Carter überlegte, ob sie versuchen sollte, davonzukriechen. Die Chancen, sich zumindest ein gutes Stück zu entfernen, standen gar nicht einmal schlecht, solange der Rauch die Sicht so stark behinderte.

Trotzdem verwarf sie diesen Gedanken gleich darauf wieder. Der Rauch ließ bereits nach und es konnte nicht mehr lange dauern, bis die Sicht wieder völlig frei war. Die Jaffa würden das ganze Gebiet durchsuchen und es gab weit und breit nichts, was ihr als Versteck dienen konnte, ganz abgesehen davon, dass sie mit dem verletzten Bein ohnehin nicht weit kommen würde. Man würde sie in jedem Fall finden.

Vermutlich weil die Hitze darunter unerträglich gewesen wäre, hatten die Jaffa ihre bizarren Tierhelme eingeklappt, sodass sie nicht erkennen konnte, welchem Haus der Goa'uld sie angehörten. Im Moment aber spielte das ohnehin keine Rolle.

Sie visierte den Vordersten von ihnen an, doch die Erschöpfung forderte ihren Tribut. Es fiel ihr schwer, das Gewehr ruhig zu halten; zu stark zitterten ihre Hände. Carter atmete ein paar Mal tief durch und versuchte, sich zur

Ruhe zu zwingen. Erst als sie schließlich sicher war, ihren Gegner richtig im Visier zu haben, betätigte sie den Abzug. Sie hatte auf Dauerfeuer geschaltet. Ein Feuerstoß raste auf den Jaffa zu und traf ihn an der Brust. Die ersten Kugeln prallten von seiner Panzerung ab, dann drangen die weiteren durch. Der Jaffa brach zusammen. Wahrscheinlich war er so schnell gestorben, dass er nicht einmal mehr wahrgenommen hatte, was ihn getroffen hatte.

Carter zielte auf den nächsten Gegner und drückte erneut ab. Nichts passierte.

Noch einmal drückte sie den Abzug, aber auch diesmal tat sich nichts. Das Magazin konnte noch nicht leer sein, anscheinend hatte die Waffe Ladehemmung. Mit einem Fluch schleuderte sie das Gewehr zur Seite.

Sie erwartete, dass jeden Augenblick ein Strahlenblitz ihre Deckung treffen und sie verdampfen würde, doch nichts dergleichen geschah. Die Jaffa schienen gar nicht richtig mitbekommen zu haben, woher die Schüsse gekommen war. Die Ersten von ihnen hatten sie mittlerweile fast erreicht, liefen ein paar Meter von ihr entfernt vorüber. Einer von ihnen sprang über ihre Deckung, so nah, dass er beinahe auf Carter gelandet wäre und sie nur den Arm hätte ausstrecken müssen, um ihn zu berühren. Erschrocken wandte er den Kopf zur Seite und entdeckte sie. Für einen kurzen Moment kreuzten sich ihre Blicke. Die Augen des Jaffa weiteten sich vor Überraschung, aber sie las auch unerklärliche Angst darin. Er schwenkte seine Strahlenlanze ein Stück in ihre Richtung, schien es sich dann aber anders zu überlegen und rannte weiter, ohne auf sie geschossen zu haben. Ungläubig beobachtete Carter die laufenden Jaffa. Vorher war es ihr durch den ganzen Rauch gar nicht aufgefallen, aber jetzt hatte fast den Anschein, als würden sie nicht vorstürmen, sondern... ja, fast so, als würden sie selbst *fliehen.*

2

Erst nachdem ihr das merkwürdige Verhalten bewusst geworden war, bemerkte Carter, dass immer wieder Strahlenblitze aus dem Rauch hinter ihnen stachen und rings um die Jaffa einschlugen. Einige der Flüchtenden blieben immer wieder kurz stehen und feuerten blindlings hinter sich.

Finstere, stählerne Kolosse von der Farbe der Nacht schälten sich hinter ihnen aus dem Rauch, gewaltige humanoide Gestalten in massiver Panzerung. Die Gestalten waren mehr als vier Meter groß und die Proportionen stimmten nicht ganz mit der von Menschen überein. Die Beine waren im Vergleich zum übrigen Körper überlang und erlaubten entsprechend große Schritte, die Arme waren hingegen nur ansatzweise vorhanden und mündeten in gedrungenen Waffenläufen. Orangefarbene Strahlenblitze zuckten daraus hervor. In den kugelrunden Köpfen klaffte ein rötlicher Sehschlitz.

Nun wurde ihr auch klar, wer für den Absturz der letzten beiden Jagdflieger verantwortlich war. Sie hatte wie selbstverständlich angenommen, dass Teal'c sie abgeschossen hätte, aber zu diesem Zeitpunkt waren er und die anderen wahrscheinlich schon längst durch das SternenTor geflohen. Von einer Sekunde auf die andere schöpfte Carter wieder neue Hoffnung. Dennoch war sie auch wieder nicht so übermütig zu glauben, dass jeder Feind der Goa'uld oder der Jaffa automatisch ihr Verbündeter wäre. Dafür erinnerte sie sich noch zu gut der schrecklichen Erlebnisse an Bord des Schiffes der Attok'k vor einiger Zeit. Auch diese waren einst Feinde der Goa'uld gewesen und hätten sie einst sogar fast vernichtet, aber ihre Feindschaft beschränkte sich nicht allein auf die Goa'uld, sondern galt jeglicher fremden Lebensform.

Auch die Kampfroboter – zumindest vermutete Carter, dass es sich um solche handelte, denn sie konnte sich kaum vorstellen, dass ein natürlich gezeugtes Wesen in der Lage wäre, eine so gewaltige Panzerung mit sich herumzuschleppen – machten einen nicht gerade Vertrauen erweckenden Eindruck und sie wollte es nicht erst auf einen Versuch ankommen lassen, ob sie ihr freundlich oder feindlich gesinnt waren.

Ihre einzige Chance blieb die Flucht. Selbst wenn ihr Gewehr noch funktionieren würde, hätte es ihr nichts genutzt. Sie hatte mit eigenen Augen gesehen, wie die Energiestrahlen aus den Strahlenlanzen der Jaffa wirkungslos von den dunkelgrauen, fast schwarzen Panzerplatten der Roboter abgeprallt waren.

Mit zusammengebissenen Zähnen stemmte sich Samantha Carter in die Höhe. Ihr Bein ließ sich bereits wieder belasten und schmerzte weniger als zuvor. Darüber hinaus verlieh die Angst ihr die nötige Kraft, die in ihrem Körper pulsierenden Schmerzen zu unterdrücken.

Angesichts dieser unheimlichen neuen Bedrohung kam Carter die von den Jaffa ausgehende Gefahr plötzlich bei weitem nicht mehr so groß vor. Im Moment zählte nur, dass sie von hier wegkam und ihre Chancen dafür standen nicht einmal sonderlich schlecht. So bedrohlich die Fremden auch wirkten, weder bewegten sie sich allzu schnell, noch zielten sie besonders gut. Obwohl sie wieder und wieder schossen, hatten die Jaffa bislang kaum Verluste zu beklagen.

Carter begann zu laufen. Die ersten Schritte fielen ihr noch schwer, doch mit jeder Sekunde klappte es besser. Anderenfalls hätte sie die nächste Minute wohl auch kaum überlebt, denn kaum hatten die unheimlichen Roboter sie bemerkt, eröffnete einer von ihnen auch auf sie das Feuer. Neben und hinter ihr schlugen Energieblitze in den Wüstensand, ließen ihn aufglühen und zu Glas erstarren.

Einige der Jaffa blickten zu ihr herüber, aber keiner machte Anstalten, auf sie zu schießen. Anscheinend begriffen sie, dass im Augenblick von ihr keine Gefahr drohte, dass sie ebenso wie sie selbst nur eine Gejagte war. Es war wie im Tierreich: Vor einer gemeinsamen großen Bedrohung flohen starke und schwache Tiere Seite an Seite, was aber nichts daran änderte, dass sie wieder zu Jägern und Gejagten wurden, sobald sie der unmittelbaren Gefahr entronnen waren, wie Carter ebenfalls nur zu deutlich bewusst war.

Wieder zuckte ein Strahlenblitz auf. Er verfehlte einen der fliehenden Jaffa nur um Haaresbreite, schlug dicht neben ihm in den Boden und schleuderte Sand und Gestein in die Höhe. Die Druckwelle riss den Jaffa von den Beinen. Er stürzte und blieb reglos auf dem Rücken liegen. Keiner seiner Begleiter kümmerte sich um ihn.

Carter zögerte nur einen kurzen Moment, dann änderte sie ihre Richtung und rannte auf ihn zu. Sie benötigte unbedingt eine Waffe. Gegen die riesigen Kampfroboter mochte sie ihr nichts nutzen, wohl aber gegen die anderen Jaffa. Spätestens wenn sie den Robotern entkommen waren, würde sie wieder um ihr Leben kämpfen müssen.

Sie bückte sich nach der Strahlenlanze, die dem Jaffa aus der Hand gefallen war. Er war nicht tot, nicht einmal ohne Bewusstsein, sondern versuchte sich bereits wieder in die Höhe zu stemmen. Als sie in sein Gesicht blickte, erstarrte sie.

Der Jaffa war eine *die.*

Ihr Kopf war kahl geschoren, aber die femininen Züge ihres Gesichts waren unverkennbar. Die Frau war noch jung, höchstens Mitte zwanzig, jünger als sie selbst.

Carter konnte nicht glauben, was sie sah. Noch niemals zuvor hatte sie eine Frau bei den Kampftruppen der Goa'uld gesehen. Nach allem, was sie bislang wusste und was auch Teal'c erzählt hatte, wurden ausschließlich Männer dafür ausgewählt. Nicht zuletzt deshalb hatte gerade Teal'c anfangs Schwierigkeiten damit gehabt, sie selbst als vollwertiges Mitglied von SG-1 zu akzeptieren.

Von einem Moment zum anderen änderte Carter ihre Pläne. Sie wusste, dass ihr Vorhaben verrückt war, ein Wahnsinn, der sie wahrscheinlich das Leben kosten würde, aber das war im Moment sowieso nicht mehr viel wert. Sie war viel zu erschöpft, um den kräfteraubenden Lauf noch lange durchhalten zu können und selbst wenn es ihr gelang, den Robotern zu entkommen, waren da immer noch die anderen Jaffa.

Noch vor wenigen Minuten hatte sie auf sie schießen wollen und hätte sie am liebsten allesamt getötet. Auch die verletzte Jaffa war ihr Feind und hätte vermutlich nicht die geringsten Skrupel, sie umzubringen, wenn die Lage anders wäre. Möglicherweise trug sie sogar einen Goa'uld in sich, aber im Augenblick sah Carter in ihr in erster Linie eine Frau, die ohne ihre Hilfe verloren war.

Gerade diese Tatsache, dass sie es mit einer Frau zu tun hatte, gab wahrscheinlich den Ausschlag für ihre Entscheidung.

Die Jaffa ließ ihren Blick ängstlich zwischen ihr und den nun rasch näher kommenden Robotern hin und her pendeln. Sie schien nicht einmal zu begreifen, was Carter vorhatte und als es ihr schließlich bewusst wurde, verwandelte sich der Schrecken auf seinem Gesicht in pure Ungläubigkeit.

Carter packte sie derb und riss sie in die Höhe. Die Jaffa sträubte sich gegen ihren Griff und schrie irgendetwas, wovon sie nur vereinzelte Wortfetzen verstand. Erneut knickte der Frau das rechte Bein weg, als sie es belastete, doch Carter packte sie um die Hüfte, sodass die Unbekannte sich auf sie stützen konnte.

Rings um sie schlugen die Energiestrahlen der Roboter ein, aber wie durch ein Wunder traf auch jetzt keiner von ihnen.

Wieder brüllte die Jaffa irgendetwas, das Carter nicht verstand, doch sie gab ihre Gegenwehr auf. Auf sie gestützt, hastete sie so schnell vorwärts, wie es ihr verletztes Bein zuließ.

Samantha Carter warf einen raschen Blick über die Schulter zurück und erkannte, dass ihr Vorsprung vor den Verfolgern nicht weiter schrumpfte, sondern in etwa gleich blieb, aber das verschaffte ihnen nur einen kurzen Aufschub. Es war ihr gelungen, noch einmal kurzfristig Kräfte zu aktivieren, von denen sie selbst nicht wusste, woher sie diese noch nahm, doch die verletzte Jaffa schien Tonnen zu wiegen und lange würden sie dieses Tempo nicht mehr durchhalten, wenn kein Wunder geschah. Ihre

Muskeln brannten, die kochende Wüstenluft schien ihre Lungen bei jedem Atemzug zu versengen und die Erschöpfung ließ feurige Kreise vor ihren Augen tanzen.

Aber das Wunder geschah, gerade als sie dachte, keinen Schritt mehr weiter zu können. Es dauerte Sekunden, bis Carter in ihrer Benommenheit überhaupt registrierte, dass der Beschuss aufgehört hatte und als sie erneut einen Blick über die Schulter zurückwarf, sah sie, dass die Roboter hinter ihnen zurückgeblieben waren, sich umwandten und wieder in die Richtung zurückkehrten, aus der sie gekommen waren.

Die Kräfte verließen Carter endgültig. Keuchend stürzte sie zu Boden, begrub die Jaffa halb unter sich.

Auch die übrigen flüchtigen Jaffa bemerkten, dass die Gefahr vorüber war, dass sie nicht länger verfolgt wurden. Langsam kamen sie wieder näher, verwandelten sich von Gejagten zurück in Jäger.

Carter blickte ihnen einige Sekunden aus tränenden Augen entgegen, dann überwältigte sie die Schwäche und sie verlor erneut das Bewusstsein.

DIE KATZENGÖTTIN

1

Jack O'Neill konnte sich keinen Reim auf Sha'tars Verhalten machen. Die vielen Spekulationen und möglichen Winkelzüge, die sie erörtert hatten, verwirrten ihn eher, als dass sie zur Klärung beitrugen. Aus diesem Grund war er auch nicht bereit, weiter über dieses Thema zu diskutieren.

Natürlich war ihm die Hypothese willkommen, dass dem Jaffa und vor allem seiner Herrin Bastet wirklich daran gelegen war, eine Art Bündnis mit ihnen zu schließen. Die Aussicht, ein mächtiges Haus der Goa'uld auf ihrer Seite zu haben, war einfach zu verlockend, als dass er sich ihr vollständig entziehen konnte. Anderseits waren aber auch Daniels Einwände durchaus berechtigt und auch in ihm selbst saß das Misstrauen gegen die Goa'uld einfach zu tief, um es von einem Moment zum nächsten über Bord schmeißen zu können.

Bevor er die Seiten gewechselt hatte, war Teal'c ein enger Vertrauter von Apophis gewesen. Er hatte zugegeben, dass er Bastet nie persönlich begegnet war, sondern nur wiedergeben konnte, was er über sie gehört hatte; dabei war er wohl kaum in der Lage, Wahrheit und üble Nachrede zu unterscheiden. Wenn jedoch auch nur der Kern seiner Aussagen stimmte, dass Bastet für ihren Vorteil bereit war jedes gegebene Wort zu brechen und man ihr deshalb nicht vertrauen durfte – dann war ein engeres Bündnis mir ihr viel zu riskant. Selbst dann jedoch bestand noch die Möglichkeit, zumindest einen befristeten Pakt zu schließen. Alles kam ganz darauf an, was die Katzengöttin von ihnen wollte.

Solange es sich um etwas handelte, das für die Erde keinerlei Gefahr darstellte und auch sie davon profitierten, sprach nichts gegen eine solche Zusammenarbeit.

Am liebsten hätte Jack sofort mit ihr gesprochen, denn er konnte seine Ungeduld und Aufregung kaum noch zügeln.

Aber noch etwas anderes machte ihm zu schaffen. Immer wieder sah er Sam Carters Gesicht vor sich und auch seine Grübeleien über ihr eigenes Schicksal und das bevorstehende Treffen mit Bastet konnte ihn nicht davon ablenken. Wenn er gesehen hätte, wie sie gestorben wäre, hätte er damit umgehen können. Es wäre schlimm gewesen und hätte sehr wehgetan, aber er hatte bereits so viel Schlimmes durchgestanden, dass er auch darüber hinwegkommen würde. Auch Sam war Soldat gewesen und kannte das Risiko, dass sie mit jeder neuen Mission eingingen.

Viel mehr zu schaffen machte ihm die Ungewissheit über ihr Schicksal und die Tatsache, dass er wahrscheinlich niemals herausfinden würde, was genau mit ihr passiert war.

Hellfire hatte sich als offensichtliche Falle entpuppt und selbst wenn sie sich mit Bastet irgendwie arrangieren und zur Erde zurückkehren konnten, würde Hammond keine weitere Expedition nach SRX 225 genehmigen. Dafür kannte Jack den General gut genug. Das aber bedeutete, dass sie keine Chance haben würden, irgendetwas zu Carters Rettung zu unternehmen – falls sie überhaupt noch lebte.

O'Neill hatte sich auf den Boden gesetzt und mit dem Rücken gegen die Wand gelehnt. Er war mit seinen Gedanken so weit weg gewesen, dass er zusammenzuckte, als jemand ihn an der Schulter berührte. Daniel war neben ihm in die Hocke gegangen und blickte ihn mitfühlend an.

„Du denkst an Sam, nicht?“, fragte er.

Jack nickte.

„Ich glaube nicht, dass sie tot ist“, fuhr der Wissenschaftler fort. „Irgendwie spüre ich, dass sie noch lebt.“

„Einbildung“, entgegnete O’Neill hart. „Nur Wunschdenken. Oder willst du mir erzählen, dass du plötzlich übersinnliche Wahrnehmungen entwickelt hast?“

Seine barschen Worte und vor allem der Tonfall, indem er sie hervorgestoßen hatte, taten ihm im gleichen Moment schon wieder Leid. Sams ungeklärtes Schicksal tat ihm weh und unbewusst verspürte er deshalb den Wunsch, auch jemand anderen zu verletzen. Dabei hatte gerade Daniel eine solche Behandlung nicht verdient. Er war kein Soldat sondern Wissenschaftler und schon allein deshalb war er von ihnen allen am wenigstens mit dem Tod vertraut. Die Vorstellung, dass Sam tot sein könnte, war für ihn wahrscheinlich weitaus schlimmer als für Teal’c oder auch ihn selbst.

Etwas schien in Daniels Blick zu erlöschen. Abrupt richtete er sich wieder auf. „Nein, übernatürliche Wahrnehmungen habe ich wohl nicht, *Sir*“, sagte er, wobei er die förmliche Anrede übertrieben betonte. Er wollte sich umdrehen und weggehen, aber Jack griff blitzartig zu und packte ihn am Handgelenk.

„Es tut mir Leid, Daniel“, sagte er stockend. Entschuldigungen waren ihm schon immer schwer über die Lippen gekommen. „Ich habe es nicht so gemeint. Meine Nerven sind auch nicht mehr die Besten.“

Der Wissenschaftler zögerte einen Moment, dann nickte er zum Zeichen, dass er die Entschuldigung angenommen hatte und ging erneut in die Hocke.

„Schon gut. Wir sind im Moment wohl alle ziemlich gereizt." Er lächelte verlegen. „Was ich sagen wollte, war nur..."

„Ich verstehe schon, was du meinst. Mir geht es genauso. Ein Teil von mir weigert sich einfach zu glauben, dass Sam tot ist. Dabei wäre es vielleicht sogar besser für sie."

„Was... was meinst du damit?"

„Nun, wenn sie noch lebt, dann befindet sie sich jetzt in der Gefangenschaft der Goa'uld."

„Genau wie wir", warf Teal'c lakonisch ein, der ein paar Schritte von ihnen entfernt stand.

„Bislang sind wir nur Gäste", sagte Jack spöttisch, wurde aber sofort wieder ernst. „Ich hatte anfangs meine Schwierigkeiten mit Sam. Nicht deshalb, weil sie eine Frau ist, sondern weil sie auch Wissenschaftlerin ist." Er warf Daniel erneut einen verzeihungsheischenden Blick zu. „Der einzige Wissenschaftler, mit dem ich vorher etwas intensiver zu tun hatte, warst du und bei unserer ersten Mission hatten auch wir einige Differenzen. Nun, ich habe mich in euch beiden getäuscht, sonst hätte ich euch nicht in mein Team aufgenommen."

„Du warst auch der erste Soldat, mit dem ich näher zu tun hatte und anfangs hast du meine Meinung über sture Kommissköpfe vollauf bestätigt. Mit Sam hingegen kam ich von Anfang an besser zurecht. Wahrscheinlich gerade *weil* sie auch Wissenschaftlerin war – ist", verbesserte Daniel sich rasch. „Vielleicht... war ja auch alles nur ein Missverständnis."

„Ein Missverständnis?“ Fragend blickte Jack ihn an.

„Na ja, ich meine, der Verdacht liegt doch eigentlich nahe, dass die Jaffa auf SRX 225 ebenfalls zu Bastets Kriegern gehören. Vielleicht haben sie nicht direkt erkannt, mit wem sie es zu tun haben und uns nur deshalb angegriffen. Wenn Sam noch lebt und sie sie gefangen genommen haben, kann es doch gut sein, dass man sie ebenfalls herbringt.“

Seine Worte verblüfften Jack so sehr, dass er für eine einige Sekunden gar nichts sagte. Daniels Vermutung lag so nahe, dass er sich fragte, wieso er nicht selbst schon längst darauf gekommen war. Und dennoch: Irgendetwas an der Theorie störte ihn, wenn er auch nicht hätte sagen können, was.

„Und warum ist sie dann nicht längst hier?“, wandte er zögernd ein.

„Was weiß ich? Vielleicht ist sie verletzt und muss erst verarztet werden.“

Oder sie ist tot, dachte O’Neill, sprach diesen Gedanken aber nicht laut aus. Tot und tot waren im Hinblick auf die Goa’uld ohnehin zwei verschiedene Begriffe. Er kannte die Sarkophage, in denen sie selbst Tote wieder zum Leben erwecken konnten. Einer der Gründe, warum sie vor Jahrtausenden einst unzählige Menschen von der Erde verschleppt hatten und sich bevorzugt menschliche Körper als Wirte nutzten, bestand darin, dass diese so leicht zu *reparieren* wären, wie Ra selbst hatte ihnen einmal höhnisch erklärt hatte. Von den Fähigkeiten, die die Goa’uld auch auf dem Gebiet der Reanimationstechnik erreicht hatten, konnten irdische Ärzte nur träumen.

Stunde um Stunde verstrich, ohne dass etwas geschah. Als die Tür nach einer schier endlosen Ewigkeit wieder geöffnet wurde, geschah es so unverhofft, dass O'Neill erschrocken zusammenzuckte. Sha'tar trat ein und blickte sie der Reihe nach an und sagte dann: „Die Erhabene ist nun bereit, euch zu empfangen."

IN GEFANGENSCHAFT

1

Das Erste, was Samantha Carter beim Erwachen registrierte, war die angenehme Kühle, die ihr nach der mörderischen Gluthitze in der Wüste Hellfires wie eine Erlösung vorkam. Auch war ihre Erschöpfung zu einem großen Teil verschwunden; sie hatte entweder sehr lange geschlafen oder man hatte ihr ein Aufputschmittel verabreicht. Wahrscheinlich eher Letzteres. Dafür sprach auch, dass sie weder Schmerzen noch die nach längerem Schlaf typische Benommenheit verspürte.

Eine Stimme sagte etwas in einer ihr fremden Sprache. Vermutlich handelte es sich um die Meldung, dass sie aufgewacht war.

Carter schlug die Augen auf. Sie saß auf einer Art steinernem Stuhl. Ihre Arme waren mit Metallbändern an die Lehnen gefesselt. Der Raum, in dem sie sich befand, war völlig kahl, abgesehen von einer Leiste fremdartiger hieroglyphenartiger Symbole direkt neben dem einzigen Ausgang, der durch eine massive Stahltür verschlossen war. Aus einer unsichtbaren Quelle an der Decke fiel gedämpftes, indirektes Licht. Wie scheinbar in allen Stationen oder Schiffen der Goa'uld war es ein klein wenig *zu* indirekt und *zu* gedämpft, um nach menschlichen Vorstellungen angenehm zu sein.

Außer ihr befanden sich noch zwei Jaffa im Raum. Einer der beiden hielt eine Strahlenlanze drohend auf sie gerichtet. Der andere stand mit dem Rücken zu ihr am anderen Ende des Raumes und wandte sich nun langsam zu ihr um. Er war deutlich älter als der andere. Sein Gesicht war hager und wirkte herrisch; genau wie seine Haltung drückte es Autorität und das Bewusstsein von Macht aus.

Im ersten Moment glaubte Samantha, er würde sie freundlich anlächeln, doch dann erkannte sie, dass es nur ein völlig humorloses Verziehen des Mundes war, das mit Freundlichkeit nicht das Geringste zu tun hatte. Ganz im Gegenteil. Sie kannte den Jaffa nicht, doch sie war sich plötzlich sicher, dass er genauso lächeln würde, wenn er jemandem einfach nur so zum Spaß die Kehle durchschnitt. Und sie zweifelte nicht daran, dass dergleichen ihm Spaß machen würde. In seinen Augen schimmerte eine Kälte, die sie schaudern ließ.

„Mensch“, sagte er. Nur dieses eine Wort. Er spie es geradezu hervor, als ob es ein besonders widerwärtiges Schimpfwort wäre.

Mit gemessenen Schritten trat er näher, blieb einen halben Meter vor Carter stehen und blickte verächtlich auf sie herab. Trotzig erwiderte sie seinen Blick. Ein verbissenes, zähes Ringen begann und mit jeder Sekunde fiel es ihr schwerer, seinem Blick standzuhalten. Das stumme Duell dauerte kaum länger als eine Minute, doch Carter kam es wie eine Ewigkeit vor.

Schließlich wandte er sich an seinen Begleiter und stieß einen knappen, abgehackten Befehl in der Sprache der Jaffa hervor. Der Mann verneigte sich demütig und verließ den Raum. Als sich die Tür hinter ihm geschlossen hatte, wandte sich der ältere Jaffa wieder seiner Gefangenen zu.

„Ich hätte mir gleich denken können, dass ihr Menschen etwas mit den Aufständischen zu tun habt“, sagte er in akzentbehaftetem aber gut verständlichem Englisch. „Eure

Rasse hat uns bereits so viele Schwierigkeiten bereitet, dass die Vermutung nahe lag."

„Mach meine Fesseln los und gib mir eine Waffe, dann wirst du erst richtig erleben, was für Schwierigkeiten ich dir bereiten kann!", fauchte Carter. Wild zerrte sie an den Stahlbändern, doch ebenso gut hätte sie versuchen können, den steinernen Sitz aus seinem Fundament zu reißen.

Der Jaffa trat noch einen Schritt auf sie zu und hob die rechte Hand, als ob er sie schlagen wollte, ließ sie dann aber wieder sinken. Er stieß ein kurzes, durch und durch humorloses Lachen aus, während er sie weiterhin kalt musterte.

„Wie ich sehe, stimmt es, was man über euch erzählt. Selbst in einer ausweglosen Situation seid ihr noch aufsässig, respektlos und gebt euch unbeugsam." Er schnitt eine Grimasse, die ihn noch bedrohlicher erscheinen ließ. „Es wird mir ein Vergnügen sein, deinen Willen zu brechen, bis du demütig vor mir im Staub kriechst."

„Das wird niemals geschehen!", schleuderte Carter ihm entgegen und bemühte sich, ihre Stimme entschlossener klingen zu lassen, als sie sich fühlte. In einem Punkt zumindest hatte er völlig Recht; ihre Lage *war* aussichtslos. Sie war den Jaffa hilflos ausgeliefert und auf Hilfe von der Erde durfte sie nicht hoffen. General Hammond würde nicht das Leben seiner Leute in Gefahr bringen, indem er sie in einen selbstmörderischen Einsatz gegen eine unbekannte Zahl von Feinden schickte, nur um sie zu befreien.

Es wäre gnädiger gewesen, wenn sie draußen in der Wüste einen schnellen Tod im Kampf gefunden hätte. Aber wenn sie schon sterben musste, dann würde sie es mit Würde tun und sich nicht vor dem Jaffa erniedrigen. „Glaube mir, das wirst du", erwiderte er unbeeindruckt. „Ich muss gestehen, ich freue mich außerordentlich, einen von euch lebend in meine Gewalt bekommen zu haben. Ihr Menschen interessiert mich, seit ich erstmals von der Existenz eures Volkes erfahren habe. So sehr, dass ich sogar eure Sprache gelernt habe. Ich wusste, dass ich früher oder später mit euch zu tun haben würde, denn ich habe es mir zu meinem erklärten Ziel gemacht, persönlich eure nutzlose Rasse auszulöschen."

Seine Worte schürten Carters Furcht noch, wenn auch auf andere Art, als der Jaffa es sich vorstellen mochte. Für ihn stellte sie mehr als nur eine Gefangene aus einem Volk dar, das den Goa'uld trotzte. Er war ein Fanatiker und das machte ihn völlig unberechenbar.

Und besonders gefährlich.

2

„Wie heißt du?", wechselte der Jaffa das Thema, nachdem er einige Sekunden lang geschwiegen hatte, um seine Drohung wirken zu lassen.

Carter zögerte einen Moment, dann entschied sie, dass sie ihm diese Information ohne Bedenken geben konnte. „Captain Samantha Carter." Nach einer kurzen Pause fügte sie patzig hinzu: „Und du?"

„Ich bin Tak'kor, oberster Kriegsherr des Hauses von Anubis. Und ich rate dir, meine Geduld nicht länger auf die Probe zu stellen. Also noch einmal: Was habt ihr mit den Aufständischen zu schaffen?"

Carter schwieg, schon deshalb, weil sie absolut nichts über diese *Aufständischen* wusste, die Tak'kor nun schon zum zweiten Mal erwähnte.

Ihr war lediglich bekannt, dass nicht alle Jaffa mit der Versklavung durch die Goa'uld einverstanden waren und sich Freiheit für ihr Volk wünschten. Teal'c war einer von ihnen, weshalb er, als sich ihm die Gelegenheit geboten hatte, die Seiten gewechselt hatte und zu SG-1 übergelaufen war, um auf diese Art gegen die Goa'uld zu kämpfen. Von einem größeren *Aufstand* hingegen erfuhr sie gerade zum ersten Mal.

„Rede schon!“, herrschte Tak'kor sie an. „Wir wissen, dass ein Teil der Verräter sich auf diesem Planeten verborgen hält und über kurz oder lang werden wir ihren Unterschlupf finden und ausräuchern, auch ohne deine Hilfe. Aber es wird schneller gehen, wenn du uns alles sagst, was du weißt und du kannst deine eigene Lage dadurch sehr verbessern.“

„Natürlich“, sagte Carter sarkastisch. „Gleich wirst du mir wahrscheinlich noch versprechen, dass du mich freilässt und zur Erde zurückkehren lässt, wenn ich mit dir zusammenarbeite.“

„Sicher würde ich das tun“, erwiderte Tak'kor in geradezu liebenswürdigem Tonfall. „Du brauchst mir nur die Position der Erde und den Code für euer SternenTor zu verraten, dann kannst du es als Erste durchschreiten.“

„Und nach mir ein paar tausend Jaffa, nicht wahr?“, Carter schnaubte verächtlich. „Vergiss es. Von mir wirst du nichts erfahren.“

In gespielter Verzweiflung verdrehte Tak'kor die Augen.

„Ich fürchte, das Gespräch dreht sich im Kreis. Wir könnten noch stundenlang so weitermachen, aber meine Zeit ist zu kostbar, um sie für solche Spielchen zu verschwenden. Wir haben Mittel und Wege, jeden zum

Sprechen zu bringen, allerdings würde das ziemlich unangenehm für dich werden. Tapferkeit und Mut sind hehre Tugenden, sie können zur falschen Zeit allerdings auch eine ziemlich dumme Angewohnheit sein. Warum also ersparst du dir nicht eine Menge Schmerzen und sagst mir direkt, was ich wissen will?"

„Ich weiß nichts", behauptete Carter.

„Natürlich nicht", entgegnete Tak'kor mit hohntriefender Stimme. „Ihr seid rein zufällig auf diesen völlig trostlosen Planeten gekommen, auf dem die Abtrünnigen sich versteckt halten, nicht wahr? Ihr habt gar nichts von ihnen gewusst und hattet auch nicht vor, euch mit ihnen zu treffen."

Carter schwieg.

„Nun, einen entscheidenden Fehler hast du immerhin schon gemacht", fuhr Tak'kor fort. „Du hast eine Verräterin in unseren eigenen Reihen entlarvt."

Im ersten Moment begriff Carter nicht einmal, wovon er sprach und als es ihr bewusst wurde, zuckte sie erschrocken zusammen.

„Du meinst die Jaffa, der ich geholfen habe?"

„Wen sonst? Fast hätten diese Dummköpfe einen ihrer eigenen Leute getötet, aber das konntest du wohl nicht zulassen."

„Das ... das ist absurd!", rief Carter. „Ich wollte nur ..."

„Was?", fragte Tak'kor, als sie nicht weitersprach. „Einen deiner Feinde retten, die du kurz vorher noch zu töten versucht hast? Ein Anfall von Mitgefühl?"

„Nenn es, wie du willst", stieß sie feindselig hervor. „Das ist eben einer der Punkte, in denen wir uns von euch unterscheiden. Ich konnte die Frau nicht einfach hilflos dort liegen lassen. Eine Art weiblicher Solidarität, aber davon hast *du* bestimmt noch nie etwas gehört."

„Nein, habe ich nicht", gab Tak'kor offen zu. „Was soll das sein? Ich spreche zwar eure Sprache, aber leider noch nicht perfekt. Erkläre mir, warum du einen Feind retten wolltest, wenn die Jaffa angeblich keine Verräterin ist."

Carter presste die Lippen zusammen. Wie hätte sie etwas erklären können, was sie selbst nicht richtig verstand?

„Nun gut, ganz wie du willst. Wir werden das Verhör später fortsetzen, wenn du Zeit gehabt hast, dir richtig über deine Situation klar zu werden." Fast mitleidig blickte Tak'kor noch einige Sekunden auf sie herab, dann fuhr er abrupt herum, trat an die Tür und drückte auf eines der Symbole daneben. Zischend glitt das stählerne Schott auf. Er erteilte den beiden auf dem Gang wartenden Jaffa einen knappen Befehl, dann eilte er davon.

3

Die beiden Jaffa, die sie gepackt hatten und zwischen sich her durch endlose Gänge schleiften, behandelten sie so grob, dass Carter ein paar Mal nur mit äußerster Willenskraft einen Schmerzensschrei unterdrücken konnte und den ohnehin schon zahllosen blauen Flecken und Prellungen an ihrem Körper gesellten sich mindestens ein Dutzend weitere hinzu, bis sie ihr Ziel schließlich erreichten.

Man hatte ihr die Fesseln abgenommen, aber an eine Flucht war trotzdem nicht zu denken. Da waren nicht nur die beiden Jaffa, die sie eisern festhielten. Ein paar Schritte hinter ihnen ging ein weiterer, der eine schussbereite Strahlenlanze auf sie gerichtet hielt. Ihre geschlossenen Helme waren Schakalköpfen nachempfunden, in die Kristalle, rötlich wie Rubine leuchtend, die Augen darstellten.

Die Gefängniszelle, zu der man Carter brachte, war ebenso klein und ebenso kahl wie der Raum, in dem das Verhör stattgefunden hatte. Luxus schien für die Jaffa generell ein Fremdwort zu sein, aber die Zelle war an Kargheit nicht mehr zu überbieten. Es gab nicht einmal eine Schlafpritsche oder etwas Vergleichbares, nur nackte Wände. Das Licht war hier noch eine Spur gedämpfter als in der übrigen Station.

Zu Carters Überraschung war sie jedoch nicht allein. In einer Ecke der Zelle hockte die Jaffa, die sie draußen in der Wüste gerettet hatte, mit an den Körper gezogenen Beinen auf dem Boden. Anstelle ihrer martialischen Uniform trug sie jetzt nur noch eine engsitzende Hose und ein Oberteil, das an ein fein geflochtenes Kettenhemd aus Kunststoff erinnerte.

Als die Tür aufglitt, hob sie kurz den Kopf, ließ ihn aber gleich darauf wieder auf ihre Knie sinken. Dennoch erkannte Carter sie sofort.

Einer der Jaffa versetzte ihr einen derben Stoß in den Rücken, der sie in die Zelle taumeln und zu Boden stürzen ließ, während hinter ihr die Tür wieder geschlossen wurde. Carter stand auf und ging einige Schritte auf und ab. Kraftvoll trat sie ein paar Mal gegen die Tür. Sie tat sich damit nur selber weh, aber es halb ihr, etwas von der in ihr aufgestauten Enttäuschung und Wut abzureagieren.

Schließlich setzte sie sich ebenfalls auf den Boden und lehnte den Rücken gegen die Wand. Sie trug noch immer ihre Uniform und durchsuchte rasch ihre Taschen, doch wie kaum anders zu erwarten war, hatte man ihr außer ihren

Waffen auch alle anderen Ausrüstungsgegenständen abgenommen. Nicht einmal ihre Uhr hatte man ihr gelassen.

Immerhin aber hatte man sie während ihrer Ohnmacht ärztlich versorgt, wie sie schon vorher bemerkt hatte. Die Wunde an ihrem Bein hatte sich geschlossen, nur noch eine kleine, rote Narbe kündete von der Verletzung.

Erstmals, seit sie in die Gefangenschaft der Jaffa geraten war, fand Carter Zeit, über alles nachzudenken und erst jetzt fielen ihr eine Reihe von Ungereimtheiten auf.

Das, was Tak'kor als ein *Verhör* bezeichnet hatte, war kaum mehr als ein Witz gewesen, ein böses Spiel, in dem er sich auf ihre Kosten ergötzt hatte. Er hatte ein paar Drohungen ausgestoßen, die direkt aus dem Drehbuch eines schlechten Hollywood-Films hätten stammen können. Auch hatte er ihr einige Fragen gestellt, doch die Art, in der er es getan hatte, zeigte bereits, dass er gar nicht ernsthaft damit gerechnet hatte, irgendwelche brauchbaren Antworten zu bekommen.

Ganz im Gegenteil, statt etwas aus ihr herauszubekommen, hatte er ihr selbst eine ganze Reihe von Informationen geliefert und sie konnte sich nicht vorstellen, dass dies nur aus Ungeschicklichkeit geschehen war. Ein Mann wie Tak'kor tat nichts ohne Berechnung, dessen war sie sich sicher. Warum also lieferte er ihr wichtige Informationen?

Im gleichen Moment wurde sich Carter ihres Denkfehlers bewusst. Was sie erfahren hatte, mochte wichtig sein, wenn sie diese Informationen an General Hammond auf der Erde weitergeben konnte, aber davon war sie weit entfernt. Hier nutzte ihr Wissen über den Aufstand bei den Jaffa ihr gar nichts. Das wusste auch Tak'kor. Er war überzeugt davon, dass es zwischen den Rebellen und der Erde eine

Verbindung gab und wahrscheinlich hatte er nur deshalb so offen über den Aufstand gesprochen, um zu sehen, ob sie in irgendeiner Form auf das reagierte, was er ihr auf den Kopf zusagte.

Carter blickte die Jaffa an, die sich während der ganzen Zeit nicht gerührt hatte und sie völlig ignorierte. Sie bedauerte es, dass sie sie in diese Lage gebracht hatte, denn aus einem Anflug von Sentimentalität heraus hatte sie ihr wirklich nur helfen wollen. Stattdessen war die Frau ihretwegen nun ebenfalls hier eingesperrt und stand unter dem Verdacht, eine Verräterin zu sein.

„Es tut mir Leid. Das habe ich nicht gewollt", murmelte sie, obwohl die Jaffa vermutlich kein Wort verstand. Carter hätte sich gerne mit ihr unterhalten, schon allein um mehr über das zu erfahren, was hier auf Hellfire geschah, aber es war kaum zu erwarten, dass jemand aus den einfachen Kampftruppen der Jaffa ihre Sprache ...

„Warum hast du mir das angetan?", fragte die Jaffa ohne aufzusehen in noch besserem Englisch, als Tak'kor es beherrschte. Verblüfft starrte Carter sie an. „Du ... du sprichst unsere Sprache?"

„Das hörst du doch", murmelte die Jaffa. Resignation klang in ihrer Stimme mit. Nach einigen Sekunden hob sie schließlich den Kopf und erwiderte ihren Blick. Tiefes Leid stand in ihren Augen geschrieben und ihr Gesicht zeigte nichts anderes als Verzweiflung.

„Warum hast du das getan?", fragte sie noch einmal. „Ihr Menschen müsst uns wirklich sehr hassen."

„Hassen?", wiederholte Carter verblüfft. „Verdammt, soweit ich mich erinnere, habe ich dir vorhin das Leben gerettet!"

„Nein, du hast mein Leben zerstört. Du hast mir alles genommen, was wichtig für mich war. Ich hatte eine glänzende Zukunft vor mir, doch nun gelte ich als Verräterin."

„Du hättest überhaupt keine Zukunft mehr vor dir gehabt, sonst wärst jetzt tot, wenn ich dich nicht gerettet hätte", wiedersprach Carter heftig. „Wäre dir das vielleicht lieber?"

„Vielleicht wäre ich umgekommen, aber vielleicht hätte ich mich auch selbst retten können. Und selbst wenn ich gestorben wäre, so wäre es wenigstens ein ehrenhafter Tod gewesen. Jetzt wird man mich in jedem Fall töten, aber es wird unehrenhaft und schmachvoll geschehen. Wäre ich hingegen im Kampf gestorben, wäre ich eine Heldin geworden."

„So einfach ist es also bei euch, ein Held zu werden. Man muss nur stolpern und getötet werden", stieß Carter sarkastisch hervor. Verständnislos schüttelte sie den Kopf. „Ich finde, ihr macht es euch damit sehr einfach. Bei uns zieht man es vor zu überleben, um seinem Volk anschließend weiter nutzen zu können. Vom persönlichen Vorteil mal ganz abgesehen: Ich bin nämlich lieber lebendig als tot."

„Überleben will auch der Wurm, der sich im Staub windet", entgegnete die Jaffa verächtlich. „Wenn es euch Menschen auf nichts anderes ankommt, was unterscheidet euch dann von Tieren?" Erneut schüttelte Carter den Kopf, diesmal nicht aus Verständnislosigkeit, sondern weil sie darüber schockiert war, wie die Jaffa dachte. Zwar wusste sie, dass es sich trotz ihrer Unterwerfung unter die Goa'uld um ein sehr stolzes Volk handelte, wie auch Teal'c bewies, aber sie hätte nicht gedacht, dass dieser Stolz bis zur sinnlosen Selbstaufopferung gehen würde.

Wenn alle Jaffa so wie sie dachten, dann war es kein Wunder, dass Tak'kor glaubte, sie wäre eine Verräterin, weil eine solche Art der Hilfe aus anderen Gründen einem Jaffa völlig unbegreiflich bleiben musste und deshalb auch in keiner Form nachvollziehbar war.

4

Eine Zeit lang schwiegen sie sich gegenseitig an. Da die Jaffa Englisch beherrschte, war es für Carter umso unverständlicher, dass man sie zusammen eingesperrt hatte. Dann aber wurde ihr bewusst, dass es wahrscheinlich gerade deshalb geschehen war. Sie *sollten* sich unterhalten. Mit Sicherheit wurde die Zelle abgehört und Tak'kor saß vermutlich gerade persönlich vor irgendeinem Lautsprecher und lauschte jedem ihrer Worte, in der Hoffnung, auf diese Art etwas zu erfahren.

Carter war es egal. Sollte er ruhig lauschen.

„Da wir nun einmal zusammen hier eingesperrt sind, können wir auch miteinander sprechen", nahm sie das Gespräch schließlich wieder auf. „Ich bin Captain Samantha Carter. Du kannst mich Sam nennen."

„Val'ar", murmelte die Jaffa.

„Ich habe nicht gewusst, dass es bei den Kampftruppen der Jaffa auch Frauen gibt."

„Nur sehr wenige", erklärte Val'ar mit unverkennbarem Stolz. „Jedenfalls im Hause Anubis, aber bei den meisten anderen Häusern sieht es nicht anders aus. Die physischen Anforderungen an einen Krieger sind sehr hoch, sodass nur wenige Frauen die Prüfungen bestehen. Von Kindheit an habe ich mit eiserner Energie auf dieses Ziel hingearbeitet.

Es reichte nicht, gleich gut wie die männlichen Kandidaten zu sein, ich musste sie übertreffen. Deshalb habe ich begonnen, eure Sprache zu lernen. Nur wenige beherrschen sie bislang und ich habe geglaubt, dass die Arbeit sich irgendwann für mich auszahlen würde. Ich wusste immer, dass ich euch irgendwann im Kampf gegenüberstehen würde, aber ich hätte nie gedacht, dass meine erste Begegnung mit den Menschen so verlaufen würde."

„Ich wollte dir nur helfen", verteidigte sich Carter. „Wenn du so viel über die Menschen weißt, dann solltest du auch wissen, dass Mitgefühl eine stark ausgeprägte Tugend bei uns ist."

„Nichts weiter als eine Schwäche", widersprach Val'ar. „Ihr seid zu schwach, um dem Tod ins Angesicht zu blicken, nicht einmal bei einem Feind, den ihr zuvor noch bekämpft habt."

„Das ist es ja gerade. Wir müssen keine Feinde sein", sagte Sam. „Wir bekämpfen uns nur deshalb, weil die Goa'uld euch gegen uns in den Krieg schicken. Gegen sie kämpfen wir, nicht gegen dein Volk. Ich bin sogar mit einem Jaffa befreundet."

„Teal'c, der Verräter, ich habe davon gehört." Offene Verachtung klang in der Stimme Val'ars mit. „Er hat sich des verabscheuungswürdigsten Verbrechens schuldig gemacht, zu dem ein Jaffa fähig ist. Er hat sich nicht nur gegen die Götter aufgelehnt, sondern sich darüber hinaus noch mit dem Feind verbündet. Ich spucke auf ihn."

Carter schüttelte den Kopf.

„Die Goa'uld sind keine Götter", behauptete sie. „Sie sind ebenso sterbliche Wesen wie du und ich. Sie haben euer Volk…"

„Schweig!“, rief Val’ar aufgebracht und starrte sie zornig an. „Ich höre mir deine Freveleien nicht länger an.“

„Wenn die Goa’uld Götter wären, müssten sie dann nicht wissen, dass du keine Verräterin bist?“, setzte Carter nach. „Aber auch sie machen Fehler. Sie können sich irren, weil sie nichts anderes als selbstherrliche, machtbesessene Parasiten sind, die euch eure Freiheit und sogar eure Körper rauben.“

„Du sollst still sein!“, brüllte Val’ar. Sie presste die Hände auf die Ohren. Ihre Augen schienen vor Hass zu blitzen. Carter sah ein, dass sie auf diese Art nicht weiterkam. Die Jaffa verschloss ihre Augen vor der Wahrheit, aber gerade ihre heftige Reaktion zeigte, dass ihr Glaube an die Allmacht und Göttlichkeit der Goa’uld bei weitem nicht so stark ausgeprägt war wie sie sich selbst einzureden versuchte. Sie klammerte sich daran, weil sie so erzogen war und ihr ganzes Leben lang nichts anderes gehört hatte, doch im Grunde handelte es sich nur um leere Phrasen.

Nach einigen Minuten hielt Carter das tatenlose Herumsitzen nicht mehr aus. Sie sprang auf und begann, nervös in ihrer Zelle auf und ab zu gehen. Val’ar beachtete sie nicht, sondern schien in eine Art Trance versunken zu sein und starrte teilnahmslos vor sich hin.

„Diese Roboter“, sagte sie nach einer Weile. „Woher kamen sie und warum haben sie euch angegriffen?“

Val’ar schwieg.

„Kampfmaschinen der Aufständischen“, erwiderte sie nach einigen Sekunden, als Carter schon glaubte, sie würde keine Antwort mehr erhalten.

„Ich habe nicht einmal gewusst, dass die Goa’uld über so etwas verfügen.“

„Diese Maschinen sind schwer bewaffnet, aber weniger effizient als eine entschlossene Gruppe von Kriegern", stieß Val'ar hervor. „Deshalb wurde auf sie verzichtet. Aber dieses rebellische Gewürm ist zu feige, sich selbst einem Kampf zu stellen. Deshalb greifen sie auf Maschinen wie diese zurück."

„Oder ihr Leben ist ihnen zu kostbar, um es leichtfertig zu riskieren. Anders als die Goa'uld verfügen sie wahrscheinlich nicht über einen unerschöpflichen Nachschub an Sklaven, die sie für sich kämpfen lassen können."

„Es wird ihnen nichts nutzen, wir werden sie trotzdem ausrotten", stieß Val'ar hasserfüllt hervor. „Wir haben ihre Spur bis hierher verfolgt und jetzt wird es nicht mehr lange dauern, bis wir herausfinden, wo sich ihre Basis befindet. Seit wir wissen, dass sie sich auf diesem Planeten verkrochen haben, haben wir sie von jedem Nachschub abgeschnitten."

„Dafür sind sie aber anscheinend noch recht gut ausgerüstet", stellte Carter spöttisch fest. „So, wie ihr gerannt seid, haben sie euch ziemlich kräftig in den Arsch getreten."

Val'ars Gesicht verfinsterte sich noch ein wenig mehr.

„Wir haben nicht mit einem Angriff gerechnet, weil wir nur ein kleiner Beobachtungstrupp waren. Von Zeit zu Zeit kommen weitere Verräter her. Wir brauchen nur zu warten, bis sie aus dem SternenTor treten, dann laufen sie uns direkt in die Arme. So, wie es auch bei euch der Fall war. Nur schade, dass deine Begleiter uns entkommen sind."

Samantha Carter biss die Zähne zusammen. Allmählich durchschaute sie die Hintergründe. Anscheinend stellte Hellfire eine Art Zuflucht für die aufständischen Jaffa dar, aber die Goa'uld waren ihnen auf die Spur gekommen. Während sie den Unterschlupf der Rebellen suchten, bewachten sie gleichzeitig das SternenTor. Jeder Jaffa, der in der Hoffnung auf ein sicheres Versteck nach Hellfire kam, ging ihnen direkt in die Falle.

Kein Wunder, dass Tak'kor ihr nicht glaubte, dass SG-1 rein zufällig hergekommen war. Für ihn *musste* es so aussehen, als ob sie sich mit den Aufständischen verbündet hätten.

Insofern gab es auch keinen Zweifel daran, wie ihr weiteres Schicksal aussehen würde. Sie hatte Recht gehabt mit ihrem Gefühl, dass Tak'kor bei dem Verhör nur mit ihr gespielt hatte. Vielleicht hatte er gehofft, mit seinen Drohungen tatsächlich etwas zu erreichen, vielleicht hatte er auch nur herausfinden wollen, ob es ihm gelingen würde, ihr Angst einzuflößen. Nichts davon war von Bedeutung.

Ihr Wissen war so wichtig, dass Tak'kor es ihr in jedem Fall entreißen würde, doch dafür würde er keine Gewalt anzuwenden brauchen. Stattdessen würde man ihr einen Goa'uld einpflanzen. Anders als bei den Jaffa, die als lebende Brutkästen für die Larven der Außerirdischen dienten, konnte ein ausgewachsener Goa'uld einen fremden Körper auch als Wirt missbrauchen. Der Parasit würde in diesem Fall nicht nur die Kontrolle über ihren Körper übernehmen, sondern auch ihr gesamtes Wissen würde auf ihn übergehen.

Die bloße Vorstellung erfüllte Sam mit abgrundtiefem Entsetzen. Wenn ein Goa'uld sich in ihr einnistete, würde das keineswegs ihren Tod bedeuten. Stattdessen würde ihr Bewusstsein zu einem Gefangenen in ihrem eigenen Körper werden und dieses Schicksal war in ihren Augen tausendmal schlimmer als der Tod. Sie würde hilflos alles miterleben, was der Goa'uld tat. Ein paar Mal hatte sie erlebt, wie es einem Wirt gelungen war, gegen die Beherrschung durch einen Goa'uld anzukämpfen und ihn zurückzudrängen, doch war dies stets nur ein kurzes Aufbäumen gewesen, das kaum länger als einige Sekunden dauerte.

Lieber würde sie sterben, als ein solches Schicksal zu erleiden, doch nicht einmal dieser Ausweg blieb ihr. Tak'kor hatte ihr jede Möglichkeit genommen, ihrem Leben selbst ein Ende zu setzen.

Was es für die Erde bedeuten würde, wenn die Goa'uld ihr gesamtes Wissen bekamen, darüber wagte sie gar nicht erst nachzudenken. Sie kannte die galaktische Position der Erde, kannte den Code des dortigen SternenTors und auch den Code, mit dem jedes SG-Team die Irisblende, die als Schutz vor unwillkommenen Besuchern diente, öffnen ließ. Allein dieses Wissen in den Händen der Goa'uld würde verheerende Folgen haben.

Sie musste verhindern, dass es so weit kam.

Sie musste es tun!

DER PAKT

1

Sha'tar und einige weitere Jaffa führten sie durch lange Gänge, bis sie einen großen Saal erreichten. Unvermittelt hatte O'Neill das Gefühl, von einer Sekunde auf die andere um mehrere tausend Jahre in die Vergangenheit geschleudert worden zu sein.

Obwohl die Technik der Goa'uld sehr viel weiter als die irdische fortgeschritten war, unterschied sie sich so grundlegend von ihr, dass sie ungeachtet ihrer Möglichkeiten auf den ersten Blick manchmal geradezu altmodisch anmutete. Selbst in der Kommandozentrale eines Goa'uld-Raumschiffs suchte man vergebens nach irgendwelchen Monitoren oder riesigen Schalttafeln voller Knöpfe, Schalter und blinkender Lämpchen – all dem, woran man bei Begriffen wie *Fortschritt* und *Technik* dachte.

Die Goa'uld hatten darauf verzichtet, ihre hochmoderne Technik in eine entsprechende Hülle zu packen, aber das änderte nichts daran, dass ihre Maschinen hervorragend funktionierten.

Leider, dachte O'Neill.

Nach allem, was er bereits kannte, hatte er erst gar nicht damit gerechnet, in Bastets Thronsaal eine auch nur halbwegs moderne Umgebung vorzufinden, allerdings hatte er auch nicht erwartet, in etwas zu geraten, das wie die Kulisse der dreihundertsiebenundzwanzigsten Cleopatra-Verfilmung aussah. Für die Zierbrunnen, die riesigen Wandteppiche mit Katzenmotiven, die aus Diwanen und großen Kissen bestehenden Sitzgelegenheiten und den anderen

Pomp hatte Jack jedoch nur einen flüchtigen Blick übrig. Seine Aufmerksamkeit wurde augenblicklich von der Frau gefesselt, die auf einem überdimensionalen Thron am hinteren Ende des Saals saß. Es handelte sich um eine der schönsten Frauen, die er jemals gesehen hatte. Langes, schwarzes Haar rahmte ein ebenmäßiges, perfekt geformtes Gesicht mit hohen Wangenknochen, einer schmalen Nase und sinnlich geformten Lippen ein. Das Faszinierendste an ihr aber waren die leicht schräg stehenden grünen Augen, die – sicherlich nicht zufällig – an die einer Katze erinnerten. Auf ihrem Kopf trug sie ein goldenes, mit Edelsteinen besetztes Diadem in Form eines Katzenkopfes. Auch ihr helles, luftiges Gewand war mit zahlreichen Edelsteinen der unterschiedlichsten Formen und Farben verziert.

Mehrere Frauen standen hinter und neben ihrem Thron und fächelten ihr mit großen Fächern aus Federn Luft zu; einer der vielen Anachronismen, die angesichts der weit fortgeschrittenen Technik der Goa'uld fast lächerlich wirkten.

O'Neill spürte einen Kloß im Hals und schluckte ein paar Mal. Er musste sich zwingen, in Bastet nicht nur eine wunderschöne Frau zu sehen, sondern einen Goa'uld, der sich diesen Körper als Wirt gesucht hatte.

„Auf die Knie vor der erhabenen Göttin", zischte Sha'tar ihnen zu.

O'Neill zögerte und rang kurz mit sich, ehe er sich überwand und neben Daniel, der dem Befehl augenblicklich gefolgt war, auf die Knie sank. Lediglich Teal'c blieb unbeirrt stehen.

„Hast du nicht gehört? Auf die Knie", wiederholte Sha'tar, deutlich schärfer diesmal.

„Ich beuge mich freiwillig vor keinem Goa'uld", sagte Teal'c stolz.

Sha'tar machte einen Schritt auf ihn zu, doch Bastet selbst stoppte ihn mit einer knappen Handbewegung.

„Lass ihn", sagte sie mit der unheimlich verzerrten Stimme, mit der alle Goa'uld über einen Wirt sprachen und bedeutete ihnen mit einer Geste, vorzutreten. Nur wenige Schritte vor dem Thron blieb O'Neill stehen.

„Ich kenne deine Geschichte, deshalb bin ich bereit, dir deine Respektlosigkeit zu verzeihen", richtete sie das Wort an Teal'c. „Es hat Apophis einen harten Schlag versetzt, dass du ihn verraten hast und zu diesen Menschen übergelaufen bist." Sie musterte Jack und Daniel eingehender. „Colonel O'Neill und Doktor Jackson. Man hört in letzter Zeit eine Menge über euer Volk und immer wieder fallen dabei vor allem eure Namen. Es ist mir eine Ehre, die Menschen kennen zu lernen, die den Goa'uld so große Schwierigkeiten bereiten und Ra und Apophis getötet haben. Gehörte nicht ursprünglich noch eine weitere Person zu eurer Gruppe?"

„Captain Samantha Carter", antwortete O'Neill. „Sie blieb auf Hellfire zurück. Wir wissen nicht, was mit ihr ist."

„Hellfire?"

„So haben wir den Planeten getauft, von dem aus wir hierher gelangt sind."

„Zu meiner und auch Sha'tars großer Überraschung. Wir haben registriert, dass das SternenTor auf Anxion, das ist der Name, den wir dieser Welt gegeben haben, geöffnet wurde und jemand dort eintraf. Daraufhin habe ich Sha'tar den Befehl gegeben, mit einer Gruppe seiner Krieger dort nach dem Rechten zu sehen. Aber als wir unser Tor gerade öffneten, seid ihr herausgekommen."

„Weil wir dachten, wir selbst hätten das Tor geöffnet“, schnappte Daniel. „Wenn wir gewusst hätten, wo wir landen würden, wären wir bestimmt nicht hindurchgegangen.“

Für einen kurzen Moment glitt Unmut über Bastets Gesicht, doch gleich darauf hatte sie sich wieder in der Gewalt und lächelte sie so liebenswürdig wie zuvor an.

„Bist du immer noch wegen Sha'uri so wütend?“, fragte sie. Daniel schnappte nach Luft. Der Zorn in seinem Gesicht verwandelte sich in Aufregung. „Was weißt du über sie?“, fragte er und erhielt im gleichen Moment von Sha'tar einen Stoß mit dessen Strahlenlanze in den Rücken, dass er keuchend zu Boden sank.

„Du sprichst mit einer Göttin, also wähle auch deine Anrede entsprechend!“, befahl der Jaffa.

Daniel kam sofort wieder auf die Beine und starrte ihn einen Augenblick lang an, aber gleich darauf wandte er sich wieder Bastet zu. Die Aussicht, etwas über den Verbleib seiner Frau zu erfahren, war stärker als sein Stolz.

„Ich wollte euch nicht beleidigen“, sagte er. „Bitte, sagt mir, was Ihr über Sha'uri wisst.“

„Ein Großteil unseres Wissens über euch stammt von ihr und Skaara“, berichtete Bastet im gleichen freundlichen Plauderton wie zuvor, als wäre nichts geschehen.

„Dabei begriff dieser Dummkopf Apophis zunächst gar nicht, was für einen Schatz er in seiner Macht hatte. Erst als ihr Menschen zu einer immer lästigeren Plage wurdet, begann er die beiden auszuhorchen.“

Jack schluckte bitter. Die Erinnerung an Skaara, die Bastet geweckt hatte, schmerzte ihn. Der Junge war wie ein Stiefsohn für ihn gewesen, ehe er zusammen mit Daniels

Frau den Goa'uld in die Hände fiel und zusammen mit Apophis bei der Explosion von dessen Raumschiff starb.

„Aber Ihr wisst nicht, wo sich Sha'uri befindet?", bohrte Daniel nach. Bastet schüttelte den Kopf.

„Nein", antwortete sie. „Es wäre einfach, dich zu belügen und damit zu ködern, aber ich will ehrlich zu euch sein. Vielleicht überzeugt euch das von meinem guten Willen."

Jack sah, wie Daniel vor Enttäuschung ein Stück in sich zusammensackte, den Kopf senkte und mit steinernem Gesicht zu Boden starrte. Er konnte gut nachvollziehen, was in diesem Moment in dem Wissenschaftler vorging.

Er konzentrierte sich wieder auf Bastet. Die Katzengöttin gab ihm eine Menge Rätsel auf. Es fiel ihm immer schwerer, sie als eine Goa'uld zu betrachten, was weniger an ihrer sinnverwirrenden Schönheit lag, als an ihrem Verhalten. Sie musste sich auf dieses Treffen gut vorbereitet haben und verstand es überdies, sich meisterhaft zu verstellen.

Ra und Apophis waren *Herrscher* gewesen, Wesen, deren Wort seit Jahrtausenden als Gesetz galt, unumschränkte Herren über Leben und Tod. Sie waren keine Götter gewesen, aber sie hatten sich für solche gehalten und nur mit blanker Verachtung auf alle, die unter ihnen standen, herabgeblickt. Ihr ihrer Überheblichkeit hatten sie es als unter ihre Würde betrachtet, mit in ihren Augen niedrigeren Wesen auch nur zu sprechen, es sei denn, sie erteilten ihnen Befehle. Bastet verfügte mit Sicherheit über kaum weniger Macht als sie und in ihrem Inneren mochte sie genauso hochmütig und arrogant sein, aber sie vermochte es zu verbergen, wenn es ihren Zielen diente. Teal'c hatte Recht: Sie war ungleich gerissener als die Goa'uld-Herrscher, denen sie bislang begegnet waren, und das machte sie letztlich sogar noch gefährlicher.

2

„Was geschieht nun mit uns?“, fragte O’Neill, als Bastet keine Anstalten machte, von sich aus weiterzusprechen. „Ihr wolltet doch bestimmt nicht nur deshalb mit uns sprechen, weil Ihr neugierig auf uns wart.“

„Eigentlich müsste ich euch gefangen halten und euch so schnell wie möglich einen Goa’uld einpflanzen, um euch euer Wissen zu entreißen“, erklärte sie ohne auf seine Worte einzugehen. „Es bedeutet sogar ein beträchtliches Risiko für mich, wenn ich es nicht tue, aber ich glaube, ihr könnt mir auf andere Art wesentlich nützlicher sein. Euer Volk ist widerspenstig und aufsässig, so viel hat sich bereits gezeigt. Ihr taugt wenig als Sklaven oder zumindest würde es viele Generationen dauern, bis ihr euch in diese Rolle einfügen würdet. Solange ihr jedoch aus eigenem Antrieb handelt, seit ihr Menschen zu verblüffenden Erfolgen fähig, wie die letzte Zeit bewiesen hat. Deshalb erscheint es mir sinnvoller, euch als Verbündete zu gewinnen, als euch zu unterwerfen.“

Sie hatte kalt und ohne jegliche Emotionen gesprochen, aber gerade das verlieh ihren Worten nur eine noch stärkere Eindringlichkeit und so leidenschaftslos ihre Analyse auch gefällt worden war, traf sie doch weitgehend zu.

„Verbündete gegen wen?“, erkundigte sich O’Neill.

Sie machte eine weitausholende Geste.

„Vieles hat sich gerade in letzter Zeit geändert. Durch den Tod von Ra und Apophis ist das Machtgefüge in Reich der Goa’uld verschoben worden und Teal’cs Verrat hat andere Jaffa ermutigt, sich ebenso zu verhalten. Es sind nur wenige bislang, die sich offen gegen uns auflehnen, aber ich bin überzeugt davon, dass sich diese Entwicklung fortsetzen wird, wenn wir nicht darauf reagieren und zwar nicht gewaltsam, wie die meisten anderen es für richtig halten. Je brutaler sie gegen die Rebellen vorgehen, desto mehr gewinnen diese an Sympathie.“

Für ein Wesen, das sich selbst als nahezu allmächtige Göttin betrachtete, war das eine bemerkenswert fortschrittliche Einschätzung, dachte O'Neill beeindruckt. Bastet überraschte ihn immer mehr, obwohl er keine Sekunde lang daran glaubte, dass irgendwelche humanitären Gründe in ihrem Denken eine Rolle spielten. Aber auch wenn alles nur Maskerade war und es ihr lediglich um den Erhalt und Ausbau ihrer Macht ging, hatte sie doch immerhin die Zeichen der Zeit völlig richtig gedeutet.

„Und nun wollt Ihr euch zum Retter der Jaffa aufschwingen und sie in die Freiheit führen, weil Ihr um Eure Macht fürchtet?“, höhnte Daniel.

Jack erwartete, dass Sha'tar den Wissenschaftler erneut für seine Respektlosigkeit züchtigen würde und wünschte, er könnte das Gespräch in Daniels Abwesenheit weiterführen. Dieser impulsive Narr würde sie in seinem Hass gegen die Goa'uld noch alle um Kragen und Kragen reden.

Zu seiner Überraschung rührte sich Sha'tar jedoch nicht, doch wieder huschte Zorn über Bastets Gesicht und für einen kurzen Moment leuchteten ihre Augen golden auf.

„Halt endlich den Mund!“, zischte Jack Daniel zu. „Das ist ein Befehl!“,

Daniel presste trotzig die Lippen zusammen und wahrscheinlich war der Wissenschaftler nun für mindestens eine

Stunde beleidigt, aber das war immer noch besser als für eine Ewigkeit tot.

„Mein Volk braucht niemanden, der es in die Freiheit führt und ihm sagt, wie es frei zu sein hat", ergriff Teal'c in diesem Moment erstmals das Wort und goss damit noch weiter Öl ins Feuer. „Wenn es sich gegen die Herrschaft der Goa'uld erhebt, dann wird es das aus eigener Kraft tun."

Erneut wurde O'Neill von Bastet überrascht. Die Worte des Jaffa schienen sie nicht zu erzürnen, sie lächelte sogar amüsiert.

„Und dabei wird es ganz aus eigener Kraft untergehen", entgegnete sie. Mit einer herrischen Geste gebot sie Teal'c zu schweigen, als er erneut widersprechen wollte. „Die Rebellen unter den Jaffa sind noch viel zu schwach, um die Herrschaft der Goa'uld ernsthaft zu gefährden. Im Grunde sind sie nicht mehr als ein Häuflein Gejagte und ihre Revolte wäre schon längst niedergeschlagen worden, wenn ich sie nicht von Zeit zu Zeit aus dem Verborgenen heraus unterstützt hätte. Natürlich kann ich mich nicht offen auf ihre Seite stellen, aber es freut mich, dass die Widerstandsbewegung gerade im Hause des Anubis besonders stark geworden ist. Die Rebellen haben einen Stützpunkt auf Anxion gegründet, doch Anubis' Häscher haben sie dort aufgespürt. Deshalb seid ihr bei eurer Ankunft in die Falle seiner Krieger geraten. Sie fangen jeden ab, der sich den Rebellen anzuschließen versucht und es kann nicht mehr lange dauern, bis sie deren Stützpunkt entdecken und zerstören."

„Das bedeutet, dass sich Samantha Carter in Anubis' Gewalt befindet, falls sie noch lebt?", warf O'Neill ein. „So ist es und ich hoffe, das wird eure Bereitschaft steigern, auf meinen Vorschlag einzugehen. Mir liegt sehr daran, dass Anubis auf Anxion einen Fehlschlag erleidet, doch ich kann seine Leute dort nicht selbst angreifen. Ihr aber könnt es und niemand käme auf die Idee, dass ich etwas damit zu tun haben könnte."

„Moment mal", hakte Jack verblüfft nach. „Verstehe ich das richtig? Ihr wollt, dass wir Anubis' Truppen auf Hellfire beziehungsweise Anxion angreifen? Wir sind froh, dass wir ihnen mit knapper Not entkommen sind. Allein haben wir keine Chance."

„Natürlich nicht", erwiderte Bastet und schüttelte unwillig den Kopf. „Deshalb werden euch einige meiner besten Krieger als Rebellen getarnt begleiten. Würde ich nur sie schicken, könnte Anubis misstrauisch werden, aber wenn ihr bei ihnen seid, wird er mit Sicherheit keinerlei Verdacht schöpfen. Er wird glauben, dass ihr Menschen euch mit den Aufständischen verbündet habt, so wie es bei Teal'c der Fall war. Ich kenne ihn gut genug, um zu wissen, wie er denkt."

O'Neill schwieg ein paar Sekunden und überlegte angestrengt.

„Anubis soll also glauben, dass wir etwas mit den Unruhen zu tun haben", sagte er dann. „Wenn es uns gelingen sollte, seine Truppen von Hellfire zu vertreiben, dürfte er ziemlich sauer auf uns sein. Er würde vermutlich Himmel und Hölle in Bewegung setzen, um sich für diese Schmach an uns zu rächen."

„Aber das tut er doch jetzt auch schon", antwortete Bastet mit einem Lächeln, das beinahe liebenswürdig hätte wirken können, wenn ihre Augen dabei nicht kalt wie zwei Eissplitter geblieben wären. „Sein Haus war mit dem von

Apophis stets sehr eng verbunden und schon deshalb hat er euch Rache geschworen. Sollte er jemals herausfinden, wo sich die Erde befindet, wird er sie nicht nur erobern wollen. Er wird sie vernichten und jeden, der durch das SternenTor entkommen sollte, so lange jagen, bis auch der letzte Mensch tot ist. Sollte es jemals so weit kommen, könnte es sein, dass ihr euch einen mächtigen Verbündeten an eurer Seite wünscht. Nicht einmal Anubis würde es wagen, eine Welt anzugreifen, die zu meinem Machtbereich gehört. Allerdings müsstet ihr dann freilich euren albernen Kleinkrieg gegen die Goa'uld aufgeben." O'Neill fühlte sich, als hätte ihm jemand einen Eimer Eiswasser über den Kopf gekippt. Erst jetzt wurde ihm richtig bewusst, wie weit Bastets Intrigennetz bereits geknüpft war.

„Die Erde wird sich niemals der Herrschaft eines Goa'uld unterwerfen, auch Eurer nicht", presste er hervor.

„Das wird sich zeigen", erwiderte Bastet gleichmütig. „Immer eines nach dem Anderen. Werdet ihr nach Anxion gehen und meinen Auftrag ausführen?"

„Da gibt es noch eine entscheidende Kleinigkeit zu klären. Was geschieht mit uns, wenn es uns gelingt, Anubis' Krieger zu vertreiben? Werdet Ihr uns nach Hause zurückkehren lassen?"

„Solltet ihr versagen, werden meine Leute euch töten, damit ihr keine Gelegenheit haben werdet, Anubis von unserem Pakt zu erzählen. Aber wenn ihr Erfolg habt, werde ich euch anschließend unbeschadet gehen lassen, wohin ihr wollt."

Jack brauchte nicht erst in ihre Augen zu sehen, um zu wissen, dass sie log. Aber er wusste auch, dass ihm keine andere Wahl blieb, als es darauf ankommen zu lassen.

AUF DER FLUCHT

1

Carter hatte noch geraume Zeit versucht, von Val'ar mehr über die Aufständischen und auch über Tak'kor und Anubis zu erfahren, doch die Jaffa war immer wortkarger geworden. Nach einer Weile hatte sie auf Fragen gar nicht mehr geantwortet, sondern sich darauf beschränkt, wieder dumpf vor sich hinzubrüten. Entweder wusste sie selbst kaum etwas oder sie wollte nicht weiter darüber sprechen und schließlich hatte Carter aufgegeben, weiter in sie zu dringen.

Stattdessen hatte sie sich ebenfalls in einer Ecke der Zelle niedergelassen und sich dem unmöglichen Unterfangen gewidmet, eine auch nur halbwegs bequeme Position zu finden.

Die Zeit verstrich, ohne dass etwas geschah. Die monotone Ereignislosigkeit, in der sie von grässlichen Vorstellungen über ihr weiteres Schicksal gequält wurde, war beinahe schlimmer als jede Folter, die Tak'kor sich für sie einfallen lassen konnte.

Irgendwann fielen Carter schließlich die Augen zu und sie schlief ein. Es war ein unruhiger Schlaf voller bizarrer Alpträume, aus dem sie immer wieder hochschreckte, doch die Alpträume waren wie klebrige Spinnennetze, die sie einhüllten und immer wieder in die Tiefen des Schlafs zurückzogen, bis sie schließlich mit einem Schrei in die Höhe fuhr.

Sie wusste nicht, was sie geweckt hatte, aber sie spürte, dass sie nicht von allein aufgewacht war. Irgendetwas war geschehen, das verriet ihr auch der überraschte, fast erschrockene Gesichtsausdruck der Jaffa.

„Was ist los?", fragte Carter.

Noch bevor Val'ar antworten konnte, ertönte von weither ein dumpfes Grollen und der Boden erzitterte.

Carter sprang vollends auf. Sie eilte auf Val'ar zu, packte sie am Kragen und schüttelte sie.

„Sag schon, was ist hier los? Was hat das zu bedeuten."

So schnell, dass Sam ihre Bewegung nicht einmal richtig sah, riss die Jaffa ihre Hände hoch, sprengte ihren Griff und versetzte ihr einen Schlag gegen die Brust, der sie zurücktaumeln ließ.

„Wage es nicht noch einmal, die Hand gegen mich zu erheben, Mensch", zischte sie. Geschmeidig erhob sie sich und funkelte Carter voller Zorn an. „Ich weiß so wenig wie du, was da vorgeht. Vielleicht ein technischer Defekt. Wir haben diese Station erst vor kurzem errichtet."

„Oder ein Angriff."

„Ein Angriff?", Verächtlich verzog Val'ar das Gesicht. „Wer sollte es schon wagen, uns anzugreifen? Bestimmt nicht die Verräter, das würden sie sich niemals trauen. Ein offener Angriff wäre Selbstmord."

„Trotzdem..." Carter biss sich auf die Unterlippe und lauschte angestrengt. Das Rumoren wiederholte sich in immer kürzeren Abständen. Sie war sicher, dass es sich um Explosionen handelte und eine war heftiger als die andere. Das Licht flackerte ein paar Sekunden lang.

Einige besonders laute Detonationen, die den Boden zum Beben brachten, ließen Carter zusammenzucken. Sie wich in eine Ecke zurück.

Erneut flackerte das Licht.

„Das ist kein technischer Defekt", presste sie hervor. „Die Station wird wirklich angegriffen."

„Und wenn schon", erwiderte Val'ar. „Glaub nicht, dass dir das etwas nützt. Deine Verbündeten haben keine Chance, die Station zu erobern und dich zu befreien, falls du darauf hoffst."

Sie bemühte sich um einen spöttischen Tonfall, doch ihre Stimme zitterte und kehrte den beabsichtigten Effekt ins Gegenteil um. Es gelang ihr nicht zu verbergen, dass sie Angst hatte.

„Abwarten", erwiderte Carter knapp. „Außerdem sind es nicht meine Verbündeten, wie ich dir schon mal gesagt habe. *Noch* nicht, aber das kann sich bald ändern."

„So weit wird es nicht kommen!", behauptete die Jaffa, doch auch jetzt verriet das Zittern ihrer Stimme die Zweifel, die immer stärker von ihr Besitz ergriffen. „Wir werden die Verräter zurückschlagen."

Mitleidig schüttelte Carter den Kopf.

„Anubis kann wirklich stolz auf dich sein", sagte sie. „Sklavisch ergeben bis in den Tod. Zum Teufel, begreifst du eigentlich nicht, was geschieht? Für Tak'kor steht deine Schuld schon fest. Für ihn bist du selbst eine Verräterin und du weißt, was das bedeutet. Er braucht keine Beweise, ihm reicht schon der leiseste Zweifel an deiner Vertrauenswürdigkeit. Deshalb wird man dich in jedem Fall töten. Er hat dich verraten und es gibt keinen Grund, warum du dich ihm gegenüber weiterhin loyal verhalten solltest."

„Meine Treue gilt Anubis, nicht Tak'kor", beharrte die Jaffa, doch die Zweifel in ihrem Blick verstärkten sich. Ihre Augen flackerten unstet. „Er ist nur ein Diener, wie ich es bin, aber Anubis ist ein Gott. Jede Auflehnung gegen ihn ist

Blasphemie und völlig sinnlos, weil er jeden seiner Feinde vernichtet."

„Er ist nur ein Goa'uld, der sich selbst zum Gott aufgeschwungen hat", widersprach Sam hitzig. „Auch Ra und Apophis haben sich für Götter gehalten und trotzdem haben wir sie besiegt."

„Nur weil sie euch Menschen unterschätzt haben. Wir hätten eure Welt längst erobert, wenn sie die Position eurer Welt bekannt gegeben hätten, statt allen Ruhm für sich allein haben zu wollen. Anubis wird keine solchen Fehler begehen. Er ist allmächtig."

„Das haben auch Ra und Apophis von sich geglaubt und dennoch sind sie jetzt tot. Jeder Goa'uld kann sich irren und deshalb kann man sie auch besiegen. Diese Verräter, wie du sie nennst, wollen nur die Freiheit, die eurem Volk zusteht. Du solltest genau wie ich darauf hoffen, dass sie Tak'kors Truppen besiegen, denn es ist auch für dich die einzige Hoffnung auf Rettung."

„Lieber sterbe ich, als Anubis zu verraten und mich den Ketzern…"

Erneut erbebte der Boden und das Licht flackerte, ehe es nach einigen Sekunden völlig erlosch. Mit einem Schlag wurde es stockdunkel.

2

Für einen kurzen Moment stieg Panik in Samantha Carter hoch, als die Dunkelheit wie eine erstickende Woge über ihr zusammenschlug. Sie fühlte sich wie lebendig begraben, doch sie kämpfte entschlossen dagegen an, als sie begriff, welche Chance sich ihr plötzlich bot. Im Dunkeln tastete sie sich bis zur Tür. Der Ausfall des Lichts bedeutete vermutlich, dass die gesamte Stromversorgung zusammengebrochen war und das bedeutete, dass auch die elektrische Verriegelung der Tür nicht mehr funktionierte.

Sie schob ihre Fingernägel in den schmalen Spalt zwischen Tür und Wand und begann zu ziehen, doch konnte sie nicht richtig zupacken. Nach kurzem Zögern zog sie den Gürtel aus ihrer Uniformhose, setzte die schmale Schnalle an dem Spalt an und hämmerte ein paar Mal mit dem Handballen dagegen. Ihr Plan gelang. Obwohl ihr Handballen schon nach wenigen Sekunden höllisch zu schmerzen begann, schaffte sie es, die Schnalle in den Spalt hineinzutreiben und ihn damit so weit zu verbreitern, dass sie ihre Fingerspitzen hineinschieben konnte.

Sie stemmte ihre Füße gegen die Wand und zog mit aller Kraft. Zentimeterweise glitt die Tür auf. Erst als der Zwischenraum genügend groß war, dass sie sich hindurchzwängen konnte, wandte Carter sich keuchend um.

„Das ist unsere Chance“, stieß sie hervor. „Eine bessere Gelegenheit zur Flucht werden wir bestimmt nicht mehr bekommen. Wenn du dein Leben retten willst, dann komm mit mir.“

„Nein“, ertönte Val’ars Stimme aus der Dunkelheit. „Ich bleibe hier. Für mich gibt es keinen Ort, wohin ich gehen könnte.“ „Alles ist besser, als hier tatenlos auf den Tod zu warten“, drängte Sam sie. Die Zeit brannte ihr unter den Nägeln, dennoch sträubte sich alles in ihr dagegen die Jaffa einfach hier zurückzulassen. Außerdem kannte Val’ar sich in diesem Stützpunkt aus und mit ihr zusammen war die Aussicht auf eine erfolgreiche Flucht sehr viel größer. „Ich brauche deine Hilfe.“

„Ich kann nicht", presste die Jaffa hervor und man hörte ihrer Stimme an, wie schwer es ihr fiel, die Worte auszusprechen. „Wenn ich mit dir fliehe, ist das wie ein Eingeständnis meiner Schuld. Ich werde dich nicht aufhalten, obwohl ich es eigentlich müsste, aber ich werde nicht mit dir gehen. Deshalb flieh, solange du noch kannst."

Carter stieß einen Fluch hervor. Vielleicht würde es ihr gelingen, Val'ar umzustimmen, wenn sie mehr Zeit zur Verfügung hätte, aber gerade Zeit war das, wovon sie am wenigsten hatte.

Entschlossen zwängte sie sich durch den Türspalt und tastete sich an der Wand des Ganges entlang.

3

So schnell es ihr in der allgegenwärtigen Dunkelheit möglich war, hastete Carter den Korridor entlang. Eine Hand hielt sie schützend vor sich ausgestreckt, um nicht gegen ein Hindernis zu prallen, mit der anderen strich sie an der Wand entlang.

Es gab keine weiteren Explosionen mehr, sodass eine fast geisterhafte Stille herrschte. Ihre Schritte waren das einzige Geräusch, das sie hörte.

Nach einigen Metern griff ihre Hand ins Leere, als sie eine Abzweigung erreichte. Ohne zu zögern trat sie in den Seitengang hinein. Falls der Angriff erfolglos blieb, wollte sie so weit wie möglich von der Gefängniszelle entfernt sein, wenn Tak'kor ihre Flucht bemerkte.

Angst nagte immer stärker an ihr. Ihre Schritte verursachten hallende, unheimlich verzerrte Echos an den unsichtbaren Wänden des Ganges.

Bei jeder sich bietenden Gelegenheit wechselte sie die Richtung, bis nach einigen Minuten das Licht so plötzlich wieder aufflammte, wie es zuvor erloschen war. Im ersten Moment kam es ihr unerträglich grell vor und es dauerte ein paar Sekunden, bis ihre Augen sich daran gewöhnt hatten.

Sie hastete weiter, wobei sie sich bemühte, möglichst lautlos aufzutreten, was mit den klobigen Militärstiefeln allerdings fast unmöglich war.

Als sie eine weitere Abzweigung erreichte, verharrte sie erneut und lauschte. Auch weiterhin blieb alles still, als ob der Stützpunkt verlassen wäre. Da auch keine Explosionen mehr zu hören waren, vermutete sie ein Ende der Kämpfe.

Wohin sollte sie sich wenden? Sie kannte sich in der Station nicht aus und konnte schlecht einfach blindlings umherirren und darauf hoffen, dass sie irgendwann einen Ausgang fand, ohne entdeckt zu werden. Sie hätte Val'ar nicht zurücklassen dürfen, sondern energischer darauf bestehen sollen, dass die Jaffa sie begleitete, selbst wenn dies wertvolle Zeit gekostet hätte. Dafür hätte Val'ar ihr sagen können, wohin sie gehen musste, um zu einem Ausgang zu gelangen.

Jetzt jedoch war es zu spät. Im Bemühen, ihre Spuren zu verwischen, hatte sie mittlerweile so oft die Richtung gewechselt, dass sie nicht einmal mehr zu der Zelle zurückgefunden hätte, wenn sie es gewollt hätte. Es gab viel zu wenig Markantes, um sich vernünftig orientieren zu können.

Sie tauchte in einen weiteren Korridor ein, der sich in Nichts von dem unterschied, in dem sie sich bislang befunden hatte. An vielen Stellen bedeckten fremdartige

Hieroglyphen die Wände, doch konnte Carter sie nicht entziffern.

Die ganze Zeit über begegnete ihr niemand. Anscheinend befand sie sich in einem abgelegenen Teil der Station, während sich die Kämpfe in einem anderen Teil ereigneten. Das war der einzige Vorteil, den sie auf ihrer Seite hatte: Aufgrund des Angriffs waren die Jaffa offenbar viel zu sehr beschäftigt, um sich um sie kümmern. Wahrscheinlich hatte Tak'kor ihre Flucht bislang noch nicht einmal entdeckt.

Carter schlich weiter, als sie plötzlich hörte, wie nicht weit von ihr entfernt eine Tür aufglitt. Gleich darauf waren schwere, hämmernde Schritte zu hören, die sich ihr näherten.

Gehetzt blickte sie sich um. Der Gang erstreckte sich schnurgerade in beide Richtungen und ihr blieb nicht mehr genug Zeit, eine andere Abzweigung zu erreichen als die, aus der sich die Jaffa näherten.

Dafür erhoben sich an der linken Seite des Ganges in regelmäßigen Abständen dicke Säulen aus schwarzem Erzgestein. Hastig huschte Carter hinter eine davon und presste sich mit dem Rücken dagegen. Manchmal hatte die unübersichtliche Architektur der Goa'uld ihre Vorteile.

Kaum war Sam hinter die Säule geschlüpft, als eine Gruppe aus sechs Jaffa um eine Ecke gebogen kam. Mit ihren archaischen Uniformen, den monströsen metallenen Schakalhelmen und den rotleuchtenden Kristallaugen sahen sie weniger wie menschenähnliche Lebewesen als vielmehr wie Dämonen aus, die geradewegs aus der Hölle kamen. In den Händen hielten sie Strahlenlanzen.

Zitternd presste sich Carter fester an die Säule und schob sich langsam daran entlang, um aus dem Blickfeld der Jaffa zu bleiben. Nur wenige Meter von ihr entfernt stapfte der Trupp vorbei und verschwand kurz darauf hinter einer anderen Ecke des Ganges, ohne sie entdeckt zu haben.

Die Schritte verklangen in der Ferne und verstummten schließlich ganz. Erleichtert atmete Carter auf, fragte sich aber auch zum wiederholten Mal, was sie hier überhaupt tat. Ihre Chancen, durch pures Glück einen Ausgang zu finden, aus der Station zu entkommen und zum SternenTor zurückzufinden, waren praktisch gleich null. Dafür jedoch hatten die Jaffa die allergrößten Chancen, sie zu finden, wenn sie weiterhin so ziellos umherirrte.

Trotzdem schlich Sam nach einigen Sekunden ergebnislosen Zögerns mit wild klopfendem Herzen weiter. Ihre einzige Alternative wäre gewesen, sich den Jaffa freiwillig zu stellen und in die Zelle zurückbringen zu lassen und daran wollte sie nicht einmal denken.

Sie schien allmählich einen stärker frequentierten Bereich der Station zu erreichen, denn als sie sich der nächsten Abzweigung näherte, hörte sie plötzlich gedämpfte Stimmen. Sofort erstarrte sie wieder zur Salzsäule, doch die Geräusche kamen nicht näher. Sie konnte die Stimmen von zwei Männern unterscheiden, die anscheinend ein Stück hinter der Kreuzung standen und sich in einer fremden Sprache unterhielten, doch das bedeute nicht, dass sich nicht noch mehr Personen dort befanden.

Vorsichtig schlich Carter weiter.

Sie hätte umkehren und sich einen anderen Weg suchen können, was keinen besonders großen Unterschied gemacht hätte, da sie ohnehin nur blindlings umherirrte, doch sie hatte sich für ein anderes Vorgehen entschieden. Die beiden Jaffa vor ihr bedeuteten eine Gefahr, aber vielleicht stellten sie auch die Rettung für sie dar. Sie brauchte unbedingt eine Waffe und da sie nicht darauf vertrauen konnte, irgendwo durch Zufall eine zu finden, musste sie sich eben mit Gewalt eine beschaffen.

Unmittelbar vor der Kreuzung verharrte Carter. Sie presste sich mit dem Rücken gegen die Wand und atmete ein paar Mal tief durch. Immer noch konnte sie nur zwei Stimmen hören. Aber es war besser, sicherzustellen, dass nicht noch mehr Jaffa in der Nähe waren.

Vorsichtig spähte sie um die Ecke und zog den Kopf sofort wieder zurück. Die beiden Jaffa standen ungefähr vier Meter von ihr entfernt, blickten jedoch in die andere Richtung. Beide besaßen Strahlenlanzen, doch hatten sie diese nicht aktiviert, sondern hielten sie nur locker in den Händen. Sie schienen sich völlig sicher zu fühlen.

Carter beherrschte die verschiedenen Kampftechniken, die zur Elite-Ausbildung der US-Army gehörten, aber gegen gleich zwei bewaffnete und sicherlich gut ausgebildete Gegner würde sie einen schweren Stand haben. Welche unerbittlichen und starken Kämpfer die Jaffa waren, hatte sie am Beispiel von Teal'c mehr als einmal erlebt.

Ihr einziger Vorteil war das Überraschungsmoment. Sie musste die beiden überrumpeln, bevor diese die Gefahr überhaupt richtig erkannten. Nur wenn sie einen von ihnen auf Anhieb niederschlagen und seine Strahlenwaffe an sich bringen konnte, bevor der Zweite sich von seinem Schrecken erholte, hatte sie eine Chance.

Carter legte sich ihre Taktik im Kopf noch einmal genau zurecht, dann rannte sie los.

Sie kam zwei Schritte weit, bevor die beiden ihre Anwesenheit überhaupt bemerkten. Einen weiteren Schritt konnte sie machen, ehe die Jaffa begriffen, dass sie angegriffen wurden und ihre Strahlenlanzen hochrissen.

Carter stieß sich aus dem Lauf heraus kräftig vom Boden ab. Ihre Füße trafen einen der Jaffa an der Brust und schleuderten ihn zurück. Er kam aus dem Gleichgewicht und geriet ins Taumeln, doch ließ er seine Strahlenlanze nicht los.

Blitzschnell wirbelte Carter herum und riss ihr rechtes Bein hoch. In einem Halbkreis traf ihr Fuß die Strahlenlanze des zweiten Jaffa und prellte sie ihm aus der Hand.

Sie stürzte zu Boden, doch noch im Fallen bekam sie die Waffe zu packen. Geschickt kam sie mit einer Rolle wieder auf die Beine. Mit einem Fingerdruck auf einen Knopf aktivierte sie die Strahlenlanze. Gelbliche Blitze umspielten die Spitze und gleich darauf gab sie einen Schuss auf den zweiten Jaffa ab, der mit seiner eigenen Waffe gerade auf sie anlegte.

Ein lodernder Energieblitz traf ihn, eher er selbst abdrücken konnte. Er wurde zurückgeschleudert und blieb reglos liegen.

Damit allerdings war ihre Glückssträhne zu Ende.

Zwar wandte sie sich sofort dem anderen Jaffa zu, doch diesmal war sie zu langsam. Instinktiv riss sie den Kopf zur Seite, als sie seine in einem mit Stahlplättchen besetzten Handschuh steckende Faust auf sich zurasen sah, aber es gelang ihr nicht, dem Schlag völlig auszuweichen. Ein greller Schmerz zuckte durch ihren Kiefer und sie spürte, wie ihre Haut an Kinn und Wange aufplatzte. In ihrem Mund war plötzlich der süßliche Geschmack von Blut.

Sie schrie vor Schmerz auf und taumelte benommen zurück. Es gelang ihr, die Arme zu heben und mehr durch

Zufall einen weiteren Schlag ihres Gegners abzublocken, doch geriet sie dabei noch mehr ins Stolpern. Es gelang ihr nicht, das Gleichgewicht zu halten. Sie stürzte zu Boden. Instinktiv trat sie nach den Kniekehlen ihres Gegners, um auch ihn zu Fall zu bringen, doch sie war zu langsam und er wich ihrem Tritt fast mühelos aus.

Gleich darauf war er über ihr. Mit einem kräftigen Ruck riss er ihr die Strahlenlanze aus den Händen, ohne dass sie noch die Kraft gehabt hätte, sich dagegen zu wehren. Er richtete die Spitze auf sie.

Im nächsten Moment zuckte ein Strahl aus greller Energie auf und strich über sie hinweg. Die Hitze war sie gewaltig, dass sie ihr die Luft nahm. Ihr Gesicht schien zu verbrennen.

Der Jaffa taumelte gegen die Wand und brach zusammen. Eine weitere Gestalt war hinter ihm aufgetaucht, hatte die Strahlenlanze des zweiten Jaffa an sich genommen und sie damit gerettet. Sam war nahezu blind, doch schließlich gelang es ihr, den Tränenschleier vor ihren Augen wegzublinzeln, sodass sie wieder etwas erkennen konnte. Aus den verschwommenen Schlieren formte sich allmählich der Körper Val'ars.

„Ich habe es mir anders überlegt und komme doch mit", sagte die Jaffa ruhig. „Draußen in der Wüste hast du mir das Leben gerettet. Nun sind wir wohl quitt, wie man bei euch sagt."

4

Noch nie zuvor in ihrem Leben war Sam Carter so froh gewesen jemanden zu sehen wie jetzt Val'ar. Am liebsten hätte sie die Jaffa umarmt, aber sie begriff, wie albern und sogar peinlich eine solche Geste wäre.

„Danke“, stieß sie stattdessen nur hervor, noch immer völlig perplex über das, was geschehen war. „Wenn du nicht gekommen wärst, wäre ich jetzt tot.“

„Das wärst du vermutlich“, bestätigte Val’ar. „Und ich bin nun wohl endgültig zur Verräterin geworden, indem ich dir geholfen und meine eigenen Leute angegriffen habe.“

„Sind sie … tot?“, erkundigte sich Sam beklommen.

Val’ar schüttelte den Kopf.

„Sie leben beide noch und werden bald wieder aufwachen“, erklärte sie. „Ihre Strahlenlanzen waren auf niedrige Energie eingestellt.“

Carter betrachtete die beiden reglosen Gestalten genauer und erst jetzt fiel ihr auf, dass die Kristallaugen in ihren Helmen noch immer in hellem Rot leuchteten. Die Uniformen waren mit Sensoren ausgestattet, sodass sie merkten, wenn ihre Träger tot waren. In diesem Fall schalteten sie sich ab, was am deutlichsten daran zu erkennen war, dass die Kristalle erloschen.

„Wenn wir ihre Uniformen anzögen, könnten wir uns unerkannt durch die Station bewegen“, sagte sie zögernd, obwohl sich alles in ihr schon gegen die bloße Vorstellung sträubte, einen der martialischen Schutzanzüge anzulegen. So war sie geradezu erleichtert, als Val’ar den Kopf schüttelte.

„Das würde viel zu lange dauern“, erklärte sie. „Außerdem könnte Tak’kor zumindest innerhalb der Station über die Anzüge unsere Position leicht feststellen, wenn er erkennt, was geschehen ist.“

„Dann müssen wir die beiden Kerle zumindest wegschaffen und irgendwo verstecken. Wenn man sie entdeckt, wird er sofort wissen, dass wir geflohen sind."

Val'ar lachte leise und grimmig.

„Das dürfte er inzwischen sowieso schon bemerkt haben", antwortete sie. „Außerdem kannst du ja mal versuchen, einen von ihnen auch nur anzuheben. Die Anzüge sind unglaublich schwer. Und jetzt komm endlich, sonst können wir direkt freiwillig in unsere Zelle zurückkehren."

Die Jaffa hatte Recht, sie verschwendeten nur wertvolle Zeit, wenn sie länger hier herumstanden und miteinander diskutierten.

„Wohin?", fragte Sam deshalb knapp.

„Diese Richtung", antwortete Val'ar und deutete in einen Gang. Carter bückte sich und nahm die zweite Strahlenlanze an sich, dann liefen sie los.

„Wie hast du mich überhaupt gefunden?", erkundigte sie sich, während sie durch den Korridor eilten.

Val'ar wirkte einen Moment lang irritiert.

„Das war nicht weiter schwer", antwortete sie dann. „Du bist in der ganzen Zeit nicht gerade weit gekommen."

„Aber..." Sam verstummte. Bei ihren Versuchen, möglichst oft die Richtung zu wechseln, um eventuelle Verfolger von ihrer Fährte abzubringen, war sie in der Dunkelheit anscheinend die meiste Zeit über nur im Kreis gelaufen.

„Hast du etwas..." begann sie, doch plötzlich hielt Val'ar sie am Arm zurück und presste ihr eine Hand auf den Mund.

„Still!", raunte sie ihr ins Ohr.

Erst jetzt hörte auch Carter die sich aus einem Seitengang nähernden Schritte.

„Da rüber!“, flüsterte Val’ar und deutete auf eine wenige Meter entfernte Tür. Sie huschten darauf zu. Die Jaffa drückte auf eine der Symbole daneben, doch nichts geschah. Die Tür öffnete sich nicht.

„Verdammt!“

Mit dem Rücken zur Tür pressten sie sich in die schmale Nische. Wenn es zu einem Kampf kommen sollte, wäre Carter ihr Gewehr lieber gewesen, als die zwar wirkungsvollere, aber auch äußerst unhandliche Strahlenlanze, doch sie konnte nicht wählerisch sein.

Die Schritte kamen näher. Sie konnte hören, dass es sich um mindestens drei Personen handelte. Die Jaffa kamen im Laufschritt in den Korridor gebogen, in dem auch sie selbst sich befanden und verschwanden gleich darauf wieder in einem anderen Seitengang, ohne sie entdeckt zu haben. Die Schritte wurden leiser und verklangen.

Sam atmete auf.

„Das war knapp. Wie weit ist es noch?“, erkundigte sie sich leise.

„Noch ein ziemliches Stück“, gab Val’ar zurück. „Außerdem müssen wir zwei Stockwerke in die Höhe. Dabei müssen wir ganz in der Nähe des Zentrums der Station vorbei und die Gefahr, dass uns jemandem entdeckt, ist einfach zu groß, wenn wir weiter so herumlaufen. Wir können es höchstens über die Wartungsschächte versuchen. Mit den technischen Einrichtungen hier bin ich nicht besonders gut vertraut, aber ich kenne einen abgelegenen Schacht. Ist nicht mehr allzu weit von hier.“

5

Vorsichtig gingen sie weiter. Ohne weitere Zwischenfälle erreichten sie nach einigen Minuten den Wartungsschacht, von dem Val'ar gesprochen hatte. Er war durch ein Gitter gesichert. Die Jaffa sprengte es mit einem Schuss aus ihrer Strahlenlanze aus seiner Verankerung. Dahinter begann ein schmaler, runder Tunnel, gerade groß genug, dass ein Mensch hindurchkriechen konnte.

„Sehr unauffällig“, kommentierte Sam ironisch. „Jeder, der das zerstörte Gitter sieht, wird direkt wissen, wo wir sind.“

„Ach ja? Hast du vielleicht irgendwelches Werkzeug dabei, um es anders zu öffnen?“, gab Val'ar zurück. Sie warf Sam einen zornigen Blick zu, dann schüttelte sie unwillig den Kopf. „Ich gehe vor“, entschied sie und schwang sich als Erste in den Schacht. Carter folgte ihr wenige Sekunden später, wobei sie höllisch aufpassen musste, dass sie sich an den glühend heißen Überresten des Gitters nicht verbrannte.

Im Inneren der Röhre herrschte stickige Luft. Es war stockdunkel und mit der Dunkelheit kehrte auch ihre Angst zurück, weil die Schwärze um sie herum als Versteck für den schlimmsten ihrer Feinde diente: das Unbekannte, das ihre Phantasie selbst erschuf.

Blindlings tastete sich Carter voran, wobei sie ein paar Mal gegen Val'ars Füße stieß. Diese schien sich wesentlich geschmeidiger als sie bewegen zu können, denn Sam hörte immer wieder, wie sie sich von ihr entfernte, dann aber auch stets wieder wartete, bis sie sie eingeholt hatte.

Schon nach wenigen Minuten taten ihr die Knie und die Handflächen vom Kriechen über den harten und etwas rauen Untergrund weh. Bis sie ihr Ziel erreichten, würde sie sich die Haut wahrscheinlich blutig geschürft haben. Außerdem musste sie auch noch die sperrige Strahlenlanze neben sich herziehen.

„Hört diese verdammte Röhre auch irgendwann mal wieder auf?", presste sie hervor.

Val'ar antwortete nicht, aber damit hatte Sam auch gar nicht gerechnet.

Einige Male beschrieb der Tunnel einen Knick und wurde dann so eng, dass sie sich flach auf die Seite legen musste, um sich durch die Biegung zu winden. Jedes Mal hatte Sam das Gefühl, im nächsten Moment stecken zu bleiben und weder vor noch zurück zu können, doch irgendwie ging es immer weiter. Sie war froh, dass sie nicht unter Klaustrophobie litt, sonst wäre sie mit Sicherheit bereits vor Angst wahnsinnig geworden.

Aber ihre Furcht besaß auch einen ganz realistischen Hintergrund. Wenn sie hier entdeckt wurden, saßen sie hilflos in der Falle. Der enge Schacht bot nicht einmal genug Platz, um die Strahlenlanze zu drehen und sich gegen einen Angriff von hinten zu verteidigen, ganz abgesehen davon, dass sie wahrscheinlich selbst gegrillt würden, wenn sie die Waffe hier drin abfeuerten.

„Gleich ereichen wir eine Leiter", sagte Val'ar schließlich. „An der können wir die zwei Stockwerke hochsteigen und sind dann gar nicht mehr weit von einem der Hangar entfernt."

„Ein Hangar?", stieß Carter hervor. „Tolle Idee. Gerade da dürfte es wohl von Jaffa nur so wimmeln."

„In diesem nicht, ganz im Gegenteil. Vertrau mir einfach. Sehr viele mögliche Ausgänge gibt es nicht. Außerdem wäre es Wahnsinn, einfach so in die Wüste hinauszulaufen. Es ist ein gehöriges Stück bis zum SternenTor. Wenn wir zu Fuß gehen, ist es für Tak'kor ein Leichtes, uns einzuholen und wieder gefangen zu nehmen."

Das Argument leuchtete Sam ein, trotzdem blieb sie skeptisch. Ausgerechnet ein Hangar – für sie klang das ungefähr so, als hätte Val'ar vorgeschlagen, die Kommandozentrale der Station anzugreifen und unter ihre Kontrolle zu bringen. Es wäre ideal für ihre Flucht, wenn es ihnen gelänge, einen der Angriffsjäger zu erbeuten, doch gerade wenn die Station angegriffen wurde, befanden sich die Maschinen bestimmt alle im Einsatz und dann hielt sich auch entsprechendes Personal in den Hangars auf. Aber ihr blieb nichts anderes übrig, als darauf zu vertrauen, dass Val'ar wusste, was sie tat.

„Warum habt ihr euren Stützpunkt überhaupt so weit vom SternenTor entfernt erbaut?", fragte sie. „Anders wäre es doch wesentlich einfacher."

„Der Untergrund dort ist zu weich", erklärte die Jaffa knapp. „Ich steige jetzt die Leiter hoch. Sei vorsichtig, wenn du aufstehst, der Schacht ist ziemlich eng."

„Ist ja mal ganz was Neues", brummte Sam. Vorsichtig tastete sie sich weiter vor, bis ihre ausgestreckten Fingerspitzen die Leiter berührten, dann richtete sie sich ebenso behutsam auf. Val'ar hatte Recht, der halbkreisförmige, senkrecht nach oben führende Schacht war noch enger als die Röhre, durch die sie bislang geklettert waren.

Carter setzte ihren Fuß auf die unterste Sprosse und kletterte nach oben, wobei sie immer nur mit einer Hand die Sprossen packen konnte, weil sie in der anderen die Strahlenlanze hielt.

Auch hier war es stockdunkel und sie besaß keinerlei Orientierungspunkt. Wahrscheinlich wäre sie höher als nötig geklettert, wenn sie nicht nach einiger Zeit gegen Val'ars ausgestreckten Arm gestoßen wäre.

„Hier geht es weiter", vernahm sie die Stimme der Jaffa rechts von sich.

„Noch ein Stück durch einen Wartungsschacht, dann haben wir es geschafft."

Carter gelangte in eine weitere enge Röhre, in der sie nur kriechen konnte. Sie fragte sich, wie Val'ar sich überhaupt in dieser Dunkelheit orientieren konnte. Sie selbst hätte nicht einmal sagen können, in welchem Stockwerk sie sich momentan befanden.

Nach einigen Dutzend Metern nahm sie schließlich schwachen Lichtschein vor sich wahr, der sich verstärkte, je näher sie kam, sodass sie schon die Umrisse Val'ars vor sich erkennen konnte. Die Jaffa bewegte sich in der Tat mit einer geradezu katzenhaften Geschmeidigkeit und wartete immer wieder, bis sie sie eingeholt hatte.

Endlich erreichten sie ein gleichartiges Gitter wie das, durch das sie in den Schacht gelangt waren. Warnend legte Val'ar den Zeigefinger auf die Lippen. Fast eine Minute lang lauschten sie, ohne dass sie irgendein Geräusch außer ihrem eigenen Atem hören konnten. Val'ar drehte sich herum, zog die Beine an und stieß sie dann ruckartig vor. Es gab ein lautes Scheppern, als ihre Füße gegen das Gitter prallten. Sie musste noch zweimal zutreten, bis es sich aus seiner Verankerung löste. Blitzschnell griff Sam zu und fing es auf, obwohl es bei dem Krach, den sie bereits verursacht hatten, wahrscheinlich keinen großen Unterschied mehr gemacht hätte, wenn es zu Boden gefallen wäre.

Sie kletterten in einen hell erleuchteten Gang. Carter reckte und streckte sich ein paar Mal, um ihre verkrampfte Muskulatur zu lockern.

„Komm schon", drängte Val'ar ungeduldig. „Inzwischen hat man unsere Flucht bestimmt schon bemerkt. Jetzt kommt es auf jede Sekunde an." Sie rannten den Gang entlang, bis die Jaffa schließlich vor einer Tür stehen blieb. „Der Hangar. Hoffen wir, dass sich hier wirklich niemand aufhält."

Sie öffnete die Tür mit einem Druck auf eines der Symbole, trat dann einen Schritt zurück und richtete ihre Strahlenlanze auf den rasch aufgleitenden Eingang. Carter tat es ihr gleich.

Entgegen allem, was sie erwartet hatte, hielt sich tatsächlich niemand in dem überraschend kleinen Hangar auf. Lediglich drei merkwürdig geformte Fluggeräte standen darin.

Es handelte sich um flache ovale Scheiben, die mit ihrer etwa hüfthohen Umrandung ein wenig an halbierte und ausgehöhlte Auberginen erinnerten. Kleine Kräne, Robotergreifarme und eine Vielzahl anderer Werkzeuge waren darauf montiert. Mit einem Schlag begriff Carter, warum sich niemand hier aufhielt und die Fahrzeuge nicht im Kampf eingesetzt wurden.

„Reparatureinheiten", murmelte sie verblüfft und trat in den Hangar hinein. „Val'ar, das ist phantastisch."

Die Jaffa antwortete nicht, sondern ließ die Tür hinter ihnen wieder zugleiten, ging auf eines der Fahrzeuge zu und stieg hinein. Carter folgte ihr rasch. Im vorderen Teil gab es eine Art Schalttafel, die wie alle technischen Geräte der Goa'uld äußerst schlicht gestaltet war. Es gab lediglich einige mit fremdartigen Symbolen versehene Tasten und einen Hebel, der wohl zum Steuern der Plattform diente.

Val'ar drückte auf eine der Tasten und mit einem fast lautlosen Brummen erwachte der Motor der Flugplattform zum Leben. Die Jaffa bewegte sacht den Hebel. Ohne das geringste Ruckeln erhob sich der Flugkörper einen knappen Meter in die Luft. Sie lenkte ihn auf das große Hangartor zu. Als sie es fast erreicht hatten, berührte sie eine weitere Taste.

Das Tor glitt in der Mitte auseinander. Dahinter lag eine fast undurchdringliche Schwärze. Im ersten Moment glaubte Sam, die Nacht wäre auf Hellfire angebrochen, doch im nächsten Moment traf sie eine Sturmbö wie ein Hammerschlag und riss sie fast von den Beinen. Im letzten Moment gelang es ihr, sich an der Umrandung der Flugscheibe festzuhalten. Das Gefährt geriet ins Trudeln und begann wie ein wildes Pferd zu bocken.

Val'ar stieß einen Laut aus, der vermutlich das Jaffa-Äquivalent eines Fluchs war.

„Nein, nicht das!", keuchte sie entsetzt. „Nicht gerade jetzt. Ein San'kuah. Ein Sandsturm!"

RÜCKKEHR IN DIE HÖLLE

1

Bastet hatte ihnen noch einmal eine Stunde Bedenkzeit eingeräumt, um ihre Entscheidung zu fällen, aber im Grunde brauchte O'Neill diese Zeit nicht. Sein Entschluss stand schon jetzt fest.

Wie erwartet protestierte Daniel entschieden dagegen, in irgendeiner Form mit Bastet zusammenzuarbeiten, aber selbst sein Widerspruch schien nicht aus vollem Herzen zu kommen. Tief im Inneren wusste auch er, dass ihnen keine andere Wahl blieb, als auf ihr fragwürdiges Angebot einzugehen.

„Sie wird uns niemals zur Erde zurückkehren lassen, begreifst du das denn nicht?“, ereiferte er sich. „Selbst wenn sie bereit wäre, auf das Wissen zu verzichten, das wir besitzen, wären wir immer noch viel zu gefährlich für sie. Immerhin sind wir Mitwisser ihres Komplotts gegen Anubis.“

„Ich weiß“, entgegnete Jack ruhig. „Und ich traue ihr keinen Millimeter weiter über den Weg als du. Aber es ist immerhin eine Chance. Wenn sich eine entsprechende Gelegenheit ergibt, müssen wir versuchen zu fliehen. Und bis dahin bietet sich uns immerhin die Möglichkeit, Sam zu befreien, falls sie tatsächlich in die Hände von Anubis gefallen ist.“

Auf dieses Argument vertraute er am meisten, da er wusste, wie sehr es Daniel widerstrebte, Captain Carter einfach ihrem Schicksal zu überlassen, falls sie noch lebte.

„Den Teufel mit dem Beelzebub austreiben. Allmählich verstehe ich, was damit gemeint ist“, erhielt er in diesem

Moment unerwartete Unterstützung von Teal'c, der bislang gar nichts gesagt hatte. „Ein gefährlicher Weg, aber manchmal vielleicht der einzig mögliche."

„Aber Bastet hilft den Aufständischen nur, weil sie Anubis auf diese Art eins auswischen kann und eine Möglichkeit sieht, seine Macht zu schwächen", wandte Daniel ein, der seine Felle immer mehr davonschwimmen sah. „Du verkaufst die Widerstandsbewegung an sie, wenn du ihr hilfst."

„Ich verrate niemanden", erklärte Teal'c bestimmt. „Wir haben selbst gesehen, dass Anubis das SternenTor auf Hellfire kontrolliert. Meine Brüder dort sind verloren, wenn niemand ihnen hilft. Bastet wird noch merken, dass sie sich irrt, wenn sie glaubt, den Widerstand für ihre Zwecke missbrauchen zu können. Dieses Schwert hat zwei Seiten."

O'Neill nickte zustimmend. Er war froh, dass Teal'c die Dinge von dieser Warte sah, denn er war nicht sicher gewesen, ob der Jaffa nicht eher Daniel zustimmen und ihre geplante Aktion als einen Verrat an den Rebellen betrachten würde.

Dass sie von den Umwälzungen erfahren hatten, die im Reich der Goa'uld offenbar vor sich gingen, war die mit Abstand wichtigste Information, die die Expedition nach Hellfire ihnen bislang geliefert hatte. Er hatte schon vorher gewusst, dass nicht alle Jaffa mit dem Terrorregime der Goa'uld einverstanden waren, doch nur wenige hatten gewagt, sich gegen sie aufzulehnen. Noch war es sicherlich verfrüht, von einer richtigen Rebellion zu sprechen, aber wenn es ihm gelang, Kontakte zu den Aufständischen zu knüpfen, konnten diese sich im Gegensatz zu Bastet tatsächlich als ungeheuer wertvolle Verbündete erweisen. Schon deshalb mussten sie nach Hellfire.

„Meine Entscheidung steht fest", erklärte er mit fester Stimme. „Wir werden auf Bastets Vorschlag eingehen. Aber gleichzeitig werden wir sehen, wie wir die Situation zu unserem eigenen Vorteil nutzen können."

2

Pünktlich nach Ablauf der halben Stunde kehrte Sha'tar zurück. Er nickte zufrieden, als O'Neill ihm seine Entscheidung mitteilte.

„Dann kommt", sagte er.

Sie folgten ihm, bis sie erneut in die Halle gelangten, in der sich das SternenTor befand. Es war bereits aktiviert.

O'Neill war überrascht – und auch ein bisschen erschrocken –, als er sah, wie viele ihrer Krieger Bastet zu ihrer Begleitung abgestellt hatte. Mindestens zweihundert Jaffa hatten sich in dem Raum versammelt, eher mehr. Nur ein Teil von ihnen trug Rüstungen und wenn, dann waren es nicht ihre eigenen. Dafür sah er eine Reihe von Helmen, die Schakale, Falken, Schlangen und noch andere Tiere darstellten. Er dachte lieber nicht darüber nach, wie Bastet an diese Uniformen gelangt war.

Außerdem entdeckte er eine Reihe kleinerer Fahrzeuge, die ihn an eine Mischung aus Kanonen und Panzern erinnerten.

Auf einen Befehl Sha'tars hin traten mehrere Jaffa auf O'Neill und seine Begleiter zu und gaben ihnen ihre Waffen und sonstigen Ausrüstungsgegenstände zurück, die sie ihnen bei ihrer Ankunft abgenommen hatten. Sorgfältig verstaute Jack alles wieder in den Taschen seiner Uniform, bis auf das automatische Gewehr, das er schussbereit festhielt, nachdem er ein neues Magazin eingesetzt hatte. Teal'c aktivierte seine Strahlenlanze kurz, um sich davon zu überzeugen, dass sie richtig funktionierte.

O'Neill wandte sich dem SternenTor zu, doch Sha'tar hielt ihn am Arm zurück. „Eines noch, Mensch", sagte er. „Bei diesem Unternehmen führe ich allein das Kommando. Ich will, dass es daran von Anfang an keinen Zweifel gibt. Auch du und deine Leute werdet mir gehorchen, sonst werde ich euch eigenhändig töten. Hast du verstanden?"

„Verstanden", bestätigte O'Neill.

Sha'tar wandte sich an Teal'c.

„Das gilt auch für dich – oder verbietet es dir dein Stolz, von einem Diener der Goa'uld Befehle anzunehmen?"

Teal'c blickte zu Jack und erst als dieser nickte, nickte auch er.

„Ich werde tun, was du befiehlst", erklärte er.

„Gut." Sha'tar lächelte zufrieden. „Dann können wir aufbrechen. Ihr geht als Erste", bestimmte er. „Ich werde euch mit einigen meiner Leute folgen. Wenn wir alle gehen, könnte es passieren, dass Anubis' Krieger es erst gar nicht wagen, uns anzugreifen. Deshalb werden die anderen hier warten und erst nachkommen, wenn es so weit ist. Nur so können wir die Falle schließen."

Die Jaffa wichen zurück und bildeten ein Spalier, durch das O'Neill und seine Begleiter auf das SternenTor zugingen. Obwohl niemand sie auch nur berührte, fühlte er sich unangenehm an einen Spießrutenlauf erinnert, da er die zum Teil neugierigen, zum Teil verächtlichen oder auch feindseligen Blicke jedes einzelnen Jaffa auf sich gerichtet spürte.

Als er nur noch einen Schritt von dem SternenTor entfernt war, setzte er die Sonnenbrille wieder auf, rückte seine Kappe zurecht und trat dann in das Energiefeld hinein.

3

Noch bevor er die durch den Transport hervorgerufene Benommenheit abschütteln konnte, hatte O'Neill das Gefühl, von einer unsichtbaren Riesenfaust getroffen zu werden, die ihn packte und zur Seite schleuderte, kaum dass er auf Hellfire aus dem SternenTor trat. Er taumelte ein paar Schritte, versuchte mit wild rudernden Armen das Gleichgewicht zu halten und stürzte schließlich doch zu Boden, als er einen weiteren harten Schlag versetzt bekam.

Die Felsen, die Wüste, der Himmel – alles war verschwunden. Um ihn herum herrschte eine von ungewisser, brodelnder Bewegung erfüllte Dunkelheit. Ein infernalisches Brüllen und Toben erfüllte die Luft und er spürte leichte, aber dennoch äußerst schmerzhafte Berührungen am ganzen Körper. Für einen Moment war er überzeugt, dass das SternenTor ihn abermals an ein anderes als das geplante Ziel gebracht hatte, dass Bastet und Sha'tar sie möglicherweise sogar von Anfang an belogen und etwas ganz anderes mit ihnen vorhatten.

Gleich darauf jedoch begriff er, dass er sich getäuscht hatte. Er befand sich sehr wohl auf Hellfire, nur das Wetter hatte sich verändert. Während der Stunden, die sie als *Gäste* bei Bastet verbracht hatten, war ein Sturm losgebrochen, der ebenso extrem wie alles andere auf diesem Planeten war.

Millionen winziger Sandkörner, die von den Böen aufgewirbelt worden waren, prasselten auf ihn herab und scheuerten wie Schmirgelpapier über seine Haut. Mit einem schmerzerfüllten Stöhnen barg Jack das Gesicht in den Armen. Selbst zwischen seinen Zähnen knirschte bereits Sand und er konnte von Glück sagen, dass er die Schutzbrille trug. Die Schirmkappe hatte der Sturm ihm längst schon vom Kopf gerissen und verschlungen.

Einige Sekunden lang blieb er einfach nur reglos liegen und ließ den Sturm über sich hinwegbrausen, dann wagte er es, zwischen zwei Böen vorsichtig den Kopf zu heben. Daniel und Teal'c lagen nur wenige Meter von ihm entfernt und gerade trat Sha'tar aus dem Energiefeld des Sternentors.

Auch ihm erging es nicht besser als ihnen. Er wurde von dem Sandsturm ebenfalls völlig überrascht und taumelte zur Seite, schaffte es – wahrscheinlich nur aufgrund seiner schweren Rüstung – jedoch, auf den Beinen zu bleiben. Er griff an seinen Kragen und im nächsten Moment schloss sich der Schakalhelm um seinen Kopf. In diesem Moment beneidete O'Neill ihn um diesen Schutz.

Er wartete ab, bis die Wucht des Sturm erneut für einen Augenblick nachließ, dann stemmte er sich auf die Beine und rannte geduckt auf Sha'tar zu, hinter dem nun weitere Jaffa aus dem SternenTor traten.

Es waren nur wenige Schritte, trotzdem schaffte er es nicht. Noch bevor er Sha'tar erreichte, packte ihn eine gewaltige Bö und schleuderte ihn erneut zu Boden. Sein größtenteils ungeschütztes Gesicht brannte, als hätte jemand Säure auf seine Haut geschüttet.

O'Neill schrie vor Schmerz, rappelte sich jedoch trotzdem sofort wieder hoch. Diesmal allerdings stand er nicht ganz auf, sondern kroch auf den Jaffa zu, wobei er einen Arm schützend vor das Gesicht hob.

„Wir müssen zurück!“, brüllte er so laut er konnte, als er Sha'tar erreicht hatte. Gleich darauf krümmte er sich unter einem Hustenanfall und spukte mehrfach aus. Schon die wenigen Worte hatten genügt, dass sich sein Mund halb mit Sand gefüllt hatte.

Der Jaffa reagierte nicht und Jack fürchtete schon, dass er seine Worte durch das Heulen des Sturms gar nicht gehört hatte, doch selbst wenn, wäre unschwer zu erraten gewesen, was er gesagt hatte.

Nach einigen Sekunden, die ihm wie eine Ewigkeit vorkamen, nickte Sha'tar schließlich und drehte sich zum SternenTor um. Fast ein Dutzend Jaffa hatten sich dort inzwischen versammelt. Alle trugen sie Rüstungen mit Schakalhelmen. Mit Gesten gab Sha'tar ihnen zu verstehen, dass sie sich zurückziehen sollten. In Zweiergruppen traten sie wieder in das Energiefeld.

Jack hielt sich an Sha'tar fest, während sie taumelnd die wenigen Schritte bis zum SternenTor zurücklegten. Das Atmen wurde zur Qual und er bekam kaum noch Luft. Bei jedem Atemzug schien ihm mehr Sand als Luft in Mund und Nase zu dringen und er spürte, wie ihm immer mehr die Sinne schwanden.

Als er den Kopf wandte, sah er Teal'c und Daniel kaum einen Schritt hinter sich, die sich ebenfalls wie Ertrinkende aneinander klammerten, um sich gegenseitig zu stützen.

Im gleichen Moment, in dem er zusammen mit Sha'tar in das Energiefeld stürzte, verlor Jack vollends das Bewusstsein.

4

Er war nur wenige Sekunden ohnmächtig, dann kam er hustend und keuchend auf dem harten Steinboden vor dem SternenTor in Bastets Palast wieder zu sich. Gierig schnappte Jack nach Luft, obwohl jeder Atemzug von einem neuen heftigen Hustenanfall begleitet wurde. Er würgte und spuckte immer wieder aus. Alles in allem fühlte sich O'Neill so erbärmlich, wie selten zuvor in seinem Leben. Sein Gesicht brannte noch immer wie Feuer und er fühlte sich am ganzen Körper wie zerschlagen.

Erst als sich sein Verstand nach einigen Minuten allmählich klärte, wurde ihm bewusst, wie knapp er dem Tod auf Hellfire nun schon zum zweiten Mal innerhalb kurzer Zeit entronnen war, auch wenn ihm diesmal keine schießwütigen Krieger von Anubis, sondern ein so simples Naturereignis wie ein Sandsturm fast zum Verhängnis geworden wäre. Der Planet machte seinem Namen wirklich alle Ehre.

Mühsam richtete Jack seinen Oberkörper auf, zog sich die Schutzbrille ab und blickte sich um. Nur ein Stück von ihm entfernt lag Daniel auf dem Boden. Auch ihm ging es nicht besser; er hustete sich ebenfalls die Seele aus dem Leib, während Teal'c sich bereits wieder erholt hatte und aufgestanden war.

Auch O'Neill quälte sich auf die Beine. Bei jeder Bewegung rieselte Sand aus seiner Uniform. Wo er gelegen hatte, war der Boden dick damit bedeckt und er hatte das Gefühl, immer noch Tonnen davon mit sich herumzuschleppen.

„Alles in Ordnung?", wandte er sich an Teal'c. Das Sprechen fiel ihm so schwer, als hätte er ein Reibeisen im

Hals sitzen. Auch zwischen seinen Zähnen knirschte noch immer Sand.

Der Jaffa nickte. „Mir geht es gut“, behauptete er. „Aber Daniel wäre fast gestorben.“

Jack bückte sich und klopfte dem Wissenschaftler mit der flachen Hand auf den Rücken, als diesen ein ganz besonders heftiger Hustenanfall quälte. „Ich weiß, es ist scheußlich, aber es wird schon wieder“, sagte er.

Zur Antwort hustete Daniel nur ein weiteres Mal.

Jack drehte sich um und ging auf Sha'tar zu, der ein Stück entfernt einigen anderen Jaffa Befehle erteilte.

„Wunderbar!“, herrschte er ihn an. „Hattest du vor, uns auf besonders phantasievolle Art umbringen?“

Er wusste, dass Sha'tar keine Schuld an dem traf, was geschehen war. Ebenso gut hätten sie schon bei ihrer ersten Expedition von der Erde aus nach Hellfire in einen Sandsturm geraten können, aber das war ihm im Moment egal. Er brauchte lediglich ein Ventil für die in ihm aufgestaute Wut und der Jaffa eignete sich hervorragend als Zielscheibe.

„Ist das deine Art, mir dafür zu danken, dass ich dir das Leben gerettet habe?“, erwiderte Sha'tar ruhig.

„Ohne dich wären wir erst gar nicht in diesen Schlamassel geraten! Ihr wart durch eure Uniformen geschützt, aber uns hätte der kleine Ausflug um ein Haar das Leben gekostet!“

Abfällig verzog Sha'tar das Gesicht.

„Sind alle Menschen so wehleidig wie ihr?“, fragte er. „Es ist kaum zu glauben, dass Weichlinge wir ihr Ra und Apophis besiegt haben sollt. Ich hoffe nur, ihr könnt ebenso gut kämpfen wie jammern, dann wäret ihr in der Tat große Krieger.“

Wütend biss O'Neill die Zähne zusammen, aber er sah ein, dass sie mit Schuldzuweisungen und Verhöhnungen nicht weiter kamen.

„Lassen wir das", sagte er beherrscht. „Jedenfalls ist unser Plan erst einmal gescheitert. Wir werden unseren Angriff eine Weile verschieben müssen. Weißt du, wie lange so ein Sandsturm auf Anxion dauert?"

„Das ist unterschiedlich", antwortete Sha'tar. „Diese Stürme sind unberechenbar. Sie entwickeln sich innerhalb von ein, zwei Minuten. Manchmal dauern sie auch nur wenige Minuten, meistens jedoch ein paar Stunden. Aber deshalb werden wir unser Vorhaben nicht ändern. Der Sturm kommt im Grunde wie gerufen. In seinem Schutz können wir uns Anubis' Stützpunkt unbemerkt nähern. Eine bessere Tarnung können wir uns gar nicht wünschen."

„*Was?*", keuchte Jack fassungslos. „Du willst, dass wir noch einmal in diesen Hexenkessel zurückkehren?", Entschieden schüttelte er den Kopf. „Kommt überhaupt nicht in Frage. Ohne uns. Wir würden keine fünf Minuten in diesem Sandsturm überleben."

„Selbst ihr könntet es", wiedersprach Sha'tar ungerührt. „Beim ersten Mal wussten wir nicht, was uns erwarten würde, deshalb wart ihr falsch ausgerüstet. Noch einmal wird dieser Fehler nicht passieren."

„Wollt ihr uns vielleicht auch in diese Rüstungen stecken?"

„Dann wäre der Sinn eurer Mitwirkung verfehlt, da man euch ja als Menschen erkennen soll." Er winkte einen Jaffa herbei und ließ sich von ihm etwas geben, das wie die Miniaturausgabe einer irdischen Gasmaske aussah, allerdings wesentlich flacher war. „Das ist ein Atemgerät, wie wir es auch in unseren Helmen tragen“, erklärte er. „Damit werdet ihr problemlos atmen können.“

O’Neill nahm ihm das kleine Gerät ab und drehte es unschlüssig in den Händen.

„Es ist trotzdem Wahnsinn“, beharrte er. „In diesem Sturm können wir uns ja nicht einmal vernünftig bewegen.“

„Auch daran habe ich gedacht“, sagte Sha’tar. „Bei diesem Sturm ist es für Anubis’ Krieger unmöglich, das SternenTor zu bewachen, deshalb werden sie zu ihrem Stützpunkt zurückgekehrt sein. Es wird also erst dort zum Kampf kommen. Wir brauchen unsere Stärke nicht zu verbergen, sondern können alle dorthin vordringen und unser Kriegsgerät mitnehmen. Wenn ihr euch im Schutz der Panzer haltet, wird der Sturm euch nichts anhaben können.“

„Wahnsinn“, murmelte Jack noch einmal, aber es klang schon wesentlich weniger entschlossen als zuvor.

FLUCHT INS UNGEWISSE

1

Quäkend heulte irgendwo eine Alarmsirene los, doch wurde das Geräusch fast vom Tosen des Sturms verschluckt. Binnen weniger Sekunden bedeckte eine Schicht aus Sand den Boden des Hangars. Wie Miniaturgeschosse prasselten die Körner gegen das Fahrzeug, das immer stärker ins Schleudern geriet, als würde es von unsichtbaren Händen hin und her geschüttelt. Carter duckte sich hinter die Umrandung, um wenigstens einigermaßen geschützt zu sein.

Val'ar hatte einen Arm schützend vor das Gesicht gehoben. Mit der anderen Hand drückte sie eine Taste. Von allen Seiten schoben sich durchsichtige Kunststoffwände aus der Umrandung und vereinigten sich über ihren Köpfen zu einer Art Kuppel. Das Heulen des Sturms sank auf eine erträgliche Lautstärke herab, lediglich das unablässige Prasseln der Sandkörner gegen die Schutzhülle war weiterhin zu hören.

Aber es war noch nicht vorbei. Als sich Carter aufrichtete, erkannte sie, dass sich die Hangartore bereits wieder halb geschlossen hatten. Sie wusste nicht, ob sie von der Zentrale aus gesteuert wurden oder ob die gleiche Automatik, die wegen des Sandsturms den Alarm ausgelöst hatte, dafür verantwortlich war. Es spielte auch keine Rolle. Nur noch wenige Sekunden, dann wären sie erneut gefangen.

Auch Val'ar hatte die Gefahr erkannt. Sie schob den Steuerhebel vor und die Plattform machte einen regelrechten Satz nach vorne. Aber jetzt zeigte sich, dass es sich nicht um einen der unglaublich wendigen Kampfjäger handelte, sondern das Gefährt nur für einfache Reparaturarbeiten an dem Stützpunkt konstruiert war. Es reagierte wesentlich langsamer und schwerfälliger, schlingerte unter der Wucht des Sturms zudem noch wie wild.

Sam blieb fast das Herz stehen und sie klammerte sich rasch an einen der Roboter-Greifarme, um nicht von den Füßen gerissen zu werden, als Val'ar die Plattform sich fast in einem fünfundvierzig-Grad-Winkel zur Seite neigen ließ, damit sie überhaupt noch durch die schmale Öffnung zwischen den beiden Torflügeln passte.

Aber sie schaffte es, auch wenn auf beiden Seiten nur wenige Zentimeter Platz blieben. Für einen kurzen Moment schabte Metall kreischend an Metall und ein weiterer Ruck erschütterte das Gefährt. Dann befanden sie sich im Freien. Dicht hinter ihnen schloss sich das Tor vollends.

Im gleichen Moment schien ein Hammerschlag die Plattform zu treffen. Bislang hatte der Hangar ihnen noch einen gewissen Schutz geboten, ab nun waren sie dem Wüten des Sandsturms gänzlich ausgeliefert. Das kleine Gefährt wurde zu einem Spielball der Naturgewalten, schlingerte wie eine Nussschale in einem reißenden Gebirgsbach umher.

Jenseits der Schutzkuppel befand sich nur brodelnde Finsternis und das Bombardement der Sandkörner steigerte sich zu einem regelrechten Trommelfeuer. Carter verlor jedes Gefühl für oben und unten, hielt sich weiterhin an dem Greifarm fest, um nicht von einer Ecke in die andere geschleudert zu werden. Wie es aussah, waren sie der Gefangenschaft nur entronnen, um hier draußen zu sterben. Sie wunderte sich sogar, dass sie überhaupt noch am Leben waren.

„Das war verdammt knapp!“, rief Val'ar. Sie musste schreien, um das Prasseln des Sandes zu übertönen, trotzdem erahnte Sam ihre Worte mehr, als dass sie sie verstand.

Sie wartete, bis der Sturm einen Moment nachließ, dann ließ sie den Greifarm los, kroch zu Val'ar hinüber und klammerte sich genau wie diese an dem Kontrollpult fest.

„Wir müssen irgendwo landen!“, brüllte sie.

„Unmöglich!“, schrie die Jaffa. „Dann werden wir unter Tonnen von Sand begraben und kommen niemals wieder frei.“

„Wenn wir es nicht tun, stürzen wir ab – oder der Sturm schleudert uns gegen einen Felsen!“

„Ich schaffe es schon“, behauptete Val'ar. „Diese Plattformen sind ziemlich stabil. Während des Sturms kann Tak'kor uns außerdem nicht verfolgen. Das ist unsere einzige Chance.“

„Aber du kannst ja nicht einmal sehen, wohin wir fliegen! Selbst wenn wir nicht abstürzen oder gegen ein Hindernis prallen, werden wir uns hoffnungslos verirren!“

„Ich weiß schon, was ich tue und wenn du mich nicht weiter ablenkst, werden wir es schaffen“, rief Val'ar. „Also halt endlich den Mund, ich muss mich konzentrieren!“

Trotz ihrer Angst zwang sich Carter zu schweigen. Wenn eine Landung schon unmöglich war, so würde sie die Plattform zumindest bis dicht über den Boden sinken lassen und das Ende des Unwetters abwarten, aber sie sah ein, dass sie Val'ar nicht würde umstimmen können.

Als einziger Trost blieb ihr, dass sich die Jaffa mit der Reparaturplattform immerhin wesentlich besser auskannte als sie und wusste, wie viel sie einem Fluggeräten wie diesem zutrauen durfte. Jedenfalls hoffte Sam, dass diese Annahme zutraf.

Von Zeit zu Zeit ebbte der Sturm ab, sodass sich ihr Flug stabilisierte. Der Sand sank bis auf einige tanzende Schleier weitgehend zu Boden, sodass das Sonnenlicht bis zu ihnen durchdrang und sie eine Sicht von mehreren Dutzend Metern bekamen. Jedes Mal hoffte Sam, dass sie es überstanden hätten, aber es handelte sich jedes Mal nur um Pausen von einigen Sekunden, als müsste der Sturm Atem holen, um kurz darauf mit noch heftigerer Wucht erneut loszubrechen.

Trotzdem hatte sie erhebliche Zweifel daran, ob sie ihr Ziel auch ohne diese kurzen Pausen erreicht hätten, da sich Val'ar in den kurzen Phasen, in denen sie einigermaßen klare Sicht hatten, immer wieder orientieren und ihren Kurs korrigieren konnte.

Erneut ließ der Sturm etwas nach und plötzlich schälten sich aus den wabernden Schatten vor ihnen die nadelspitzen Felsgrate einer Hügelkette, auf die sie direkt zuflogen.

„Ausweichen!", rief Carter erschrocken, doch auch Val'ar hatte die Gefahr bereits bemerkt und zog so fest am Steuerhebel, als wolle sie ihn abbrechen. Die Plattform stieg höher und drehte gleichzeitig zur Seite ab. Nur um Haaresbreite, wie es Sam vorkam, flogen sie an einer Felsspitze vorbei.

Hinter der Hügelkette erstreckte sich die Ebene, in der das SternenTor stand und im gleichen Moment, in dem sie es entdeckte, stöhnte Sam vor Enttäuschung auf. Inmitten der tanzenden Sandschleier waren zahllose Jaffa zu erkennen, die sich vor dem Tor aufhielten und es bewachten.

2

„Das war es dann wohl“, murmelte Val'ar niedergeschlagen. Ihre Stimme klang gepresst, tiefe Resignation klang darin mit. „Ich hatte gehofft, dass Tak'kor seine Krieger bis auf einen kleinen Beobachtungstrupp während des Sandsturms in den Stützpunkt zurückkehren lässt, aber offenbar hat er sich anders entschieden. Vielleicht hat es etwas mit dem Angriff zu tun und er will sichergehen, dass die Rebellen den Sturm nicht zu einer Flucht nutzen können.“

„Oder er will verhindern, dass wir auf diesem Weg fliehen“, wandte Carter ein. Der Sandsturm war wieder stärker geworden und sie musste lauter sprechen, um das Prasseln der Körner zu übertönen.

„Dafür hätte er nicht so viele Krieger abzustellen brauchen. Das müssen fast zweihundert sein, gut ein Drittel seiner Truppen.“

„Und wenn... es gar nicht Tak'kors Krieger sind?“, fragte Sam mit neu erwachter Hoffnung. „Vielleicht handelt es sich ja wirklich um die Aufständischen.“

„Nein, es waren zweifelsfrei Krieger aus dem Hause Anubis“, behauptete Val'ar und machte ihre Hoffnung damit wieder zunichte. „Ich konnte ihre Uniformen deutlich erkennen. Aber vielleicht stammen sie nicht einmal aus dem Stützpunkt, sondern er hat nach dem Angriff Verstärkung angefordert und sie sind gerade erst durch das SternenTor gekommen.“ Mutlos blickte Sam sich um, aber Dunkelheit hatte sich wieder über das kleine Fahrzeug gesenkt und außer wirbelndem Sand war außerhalb der Sichtkuppel nichts mehr zu sehen.

„Glaubst du, dass sie uns auch entdeckt haben?"

„Vielleicht, aber das spielt jetzt auch keine Rolle mehr. Während des Sturms können uns keine Todesgleiter verfolgen, aber früher oder später werden sie uns erwischen. Ohne das SternenTor können wir nicht von Anxion fliehen und es gibt keinen Ort, an dem wir uns auf Dauer verstecken können."

Sam antwortete nicht sofort. Ihre gesamten Hoffnungen hatten darauf geruht, durch das SternenTor zur Erde zurückkehren zu können und wenn Val'ar kein eigenes anderes Ziel gehabt hätte, hätte sie sie eingeladen, mit ihr zu kommen. Nachdem die Jaffa sich nun schon von Tak'kor abgewandt hatte und von ihm als Verräterin betrachtet wurde, wäre es vielleicht möglich, sie ganz auf ihre Seite zu ziehen. Genau wie Teal'c könnte sie eine wertvolle Verbündete im Kampf gegen die Goa'uld werden. Und falls sich Val'ar ihnen nicht anschließen würde, könnte sie von der Erde aus zu einem beliebigen anderen Planeten weiterreisen.

Aber nachdem ihnen dieser Weg versperrt war, gab es noch eine Möglichkeit. Anders als sie behauptet hatte, existierte auf Hellfire sehr wohl noch ein anderer Ort, an den sie gehen konnten und an dem sie zumindest für einige Zeit wohl auch sicher waren; doch Sam war sich nicht sicher, wie die Jaffa auf einen entsprechenden Vorschlag reagieren würde.

„Was ist mit den Rebellen?", fragte sie schließlich zögernd. „Wir könnten versuchen, zu ihnen zu gelangen."

Val'ar stieß ein abgehacktes Lachen aus.

„Wie stellst du dir das vor?", erwiderte sie. „Seit Wochen lässt Tak'kor Hunderte von Kriegern nach ihrem Stützpunkt suchen und auch die Todesgleiter sind Tag und Nacht im Einsatz. Unsere besten Fährtensucher haben nicht einmal eine Spur von ihnen entdeckt. Wie soll es dann ausgerechnet uns gelingen?"

„Vor euch haben sich die Rebellen versteckt", erinnerte Sam. „Auch wenn wir ihren Stützpunkt nicht finden, vielleicht finden sie ja *uns*, wenn sie erkennen, dass wir selbst nur Gejagte sind."

Val'ar wandte für einen Moment ihren Blick von den Kontrollen ab und blickte sie müde an.

„Das glaubst du doch nicht wirklich", sagte sie. „Die Chancen dafür stehen so minimal, dass es sich nicht einmal lohnt, darüber nachzudenken."

„Das sehe ich anders", widersprach Sam. Sie begann sich immer mehr für ihre Idee zu erwärmen. „Haben die Rebellen euren Stützpunkt zuvor schon einmal angegriffen?"

„Nein", antwortete die Jaffa. „Aber…"

„Wenn sie sich jetzt zu so einem Schritt hinreißen lassen, dann zeigt das, wie verzweifelt sie sind", fiel Sam ihr ins Wort. „Seit Wochen sind sie hier gefangen, können nicht mehr weg, weil ihr das SternenTor bewacht und aus dem gleichen Grund erhalten sie auch keinen Nachschub mehr. In dieser Situation müssen sie neue Wege beschreiten."

„Und selbst wenn", ergriff Val'ar nach kurzem Schweigen wieder das Wort. „Ich kann mich ihnen nicht anschließen und gegen meine eigenen Leute kämpfen."

„Aber das hast du doch schon längst getan", erklärte Sam mit sanfter Stimme. „Man hält dich für eine Verräterin. Du hast einen von Tak'kors Kriegern niedergeschossen, du hast diese Plattform gestohlen und wir sind auf der Flucht. Glaubst du, für Tak'kor gibt es noch irgendwelche Zweifel, auf welcher Seite du stehst? Er wird dich wahrscheinlich höchstpersönlich hinrichten, wenn er uns noch einmal in die Gewalt bekommt."

„Und alles habe ich nur dir zu verdanken!", stieß Val'ar bitter hervor. „Hätte ich dich doch bloß niedergeschossen, als ich dir zum ersten Mal begegnet bin!"

„Das meinst du doch gar nicht ernst", behauptete Sam.

„Nein", entgegnete Val'ar so leise, dass es bei dem Toben des Sturms kaum zu vernehmen war.

„Weißt du wenigstens ungefähr, wo der Stützpunkt der Rebellen liegen könnte?"

„Irgendwo im Westen, so viel haben wir herausgefunden. Aber der Westen ist ziemlich groß", erklärte die Jaffa.

„Damit haben wir zumindest schon mal ein ungefähres Ziel."

Val'ar antwortete nicht, aber Carter sah, wie sie nach einigen Sekunden den Steuerhebel bewegte und die Plattform in eine andere Richtung steuerte.

3

Der Sandsturm war vorüber.

Das Wirbeln und Brodeln jenseits der Sichtkuppel hatte wie schon mehrfach zuvor nachgelassen, doch nach zahlreichen enttäuschten Hoffnungen hatte Sam geglaubt, dass es sich auch diesmal wieder nur um eine kurze Pause handelte, doch diesmal täuschte sie sich. Noch immer war die Luft von aufgewirbelten Sandschleiern erfüllt, aber sie wurden immer dünner und das Sonnenlicht brach durch.

Im gleichen Maß wurde der Flug der Reparaturplattform ruhiger; das Bocken und Ruckeln, das in den vergangenen Stunden zu einem so vertrauten Begleiter geworden war, dass Carter es kaum noch wahrgenommen hatte, hörte auf und unter ihnen breitete sich wieder der vertraute Anblick der Wüste aus. Nur noch vereinzelte Windhosen tanzten unter ihnen, doch binnen weniger Minuten hörte der Wind völlig auf und auch die letzten Sandkörner sanken zu Boden. Die Wüste lag wieder so ruhig und scheinbar unberührt da, wie es bei ihrer Ankunft auf Hellfire der Fall gewesen war. Nichts erinnerte noch an das Inferno, das bis vor wenigen Minuten hier getobt hatte.

Als Carter sich jedoch umblickte, sah sie, dass die Welt in ihrem Rücken noch immer hinter einem Vorhang aus brodelnder Schwärze verschwand. Der Sandsturm hatte nicht aufgehört, sondern war nur weitergezogen.

Sie sprang auf. „Wir haben es geschafft!“, stieß sie hervor.

Val'ar nickte nur, doch auch auf ihrem Gesicht breitete sich Erleichterung aus.

Nachdem sich der Sturm gelegt hatte, brannte nun wieder die Sonne unbarmherzig grell vom Himmel herab. Sam hob eine Hand vors Gesicht und blinzelte zwischen den Fingern hindurch nach oben. Die Sonne stand immer noch hoch am Himmel. Entweder dauerten die Tage hier äußerst lange oder sie waren sehr kurz und während ihrer Gefangenschaft war bereits eine komplette Nacht verstrichen. Sie hoffte, dass Letzteres zutraf, denn ohne Wasser würden sie bei der herrschenden Hitze nicht lange durchhalten, aber sie glaubte nicht recht daran.

Bereits binnen weniger Sekunden heizte sich die Luft unter der Kuppel in der Sonnenglut unerträglich auf. Val'ar drückte auf eine Taste. Das Kunststoffdach über ihren Köpfen glitt auseinander und die Teile versanken wieder in der seitlichen Umrandung. Die Temperatur sank dadurch nicht nennenswert, aber obwohl sie nicht sonderlich schnell flogen, sorgte der Flugwind für etwas Erleichterung.

„Besonders lange hätte die Plattform die Belastung nicht mehr durchgehalten“, erklärte die Jaffa. „Das Ding ist nicht für den Einsatz unter solchen Extrembedingungen konstruiert.“

„Auf jeden Fall haben wir jetzt erst einmal einen ordentlichen Vorsprung“, sagte Sam. Zwar hatte sie längst schon jede Orientierung verloren und konnte nicht einmal ungefähr abschätzen, wie weit sie sich von dem Stützpunkt entfernt hatte, doch es mussten viele Meilen sein. „Es dürfte eine Weile dauern, bis der Sturm auch an eurer Station vorbeigezogen ist und Tak'kor seine Todesgleiter nach uns suchen lassen kann.“

„Als ob es auf die ein oder zwei Stunden ankäme“ brummte Val'ar und blickte sich demonstrativ um. So weit der Blick reichte war nichts weiter als Wüste zu entdecken, unterbrochen lediglich von einigen Hügelketten und Felsmassiven. „Oder hast du schon einen Plan, wie wir deine Rebellen nun finden sollen? Falls du etwas über die Lage ihres Verstecks weißt, wäre das jetzt der richtige Zeitpunkt, damit herauszurücken.“

„Woher…“ begann Carter, brach dann aber ab, als sie begriff, was hinter Val'ars Frage steckte. „Du hast mir die ganze Zeit nicht geglaubt“, stellte sie bitter fest. „Du denkst noch immer, wir wären mit den Rebellen verbündet und ich wüsste, wo sich ihr Stützpunkt befindet.“

„Ist es vielleicht nicht so? Es hat keinen Sinn mehr, länger Verstecken zu spielen. Also sag mir endlich, was du weißt.“

„Das habe ich schon“, entgegnete Sam. „Du musst mir glauben, bevor Tak'kor mir davon erzählt hat, wusste ich nicht einmal, dass es überhaupt irgendwelche Rebellen hier gibt.“

Val'ars Augen verengten sich zu schmalen Schlitzen.

„Und du meinst, dass ich dir das wirklich glaube?“

„Es ist die Wahrheit“, beteuerte Sam.

Einige Sekunden lang starrte Val'ar sie noch regungslos an, dann schlug sie kräftig mit der Faust gegen das Kontrollpult der Plattform.

„Und was sollte das dann alles?“, schrie sie mit sich überschlagender Stimme. „Welchen Sinn hatte unsere ganze Flucht? Das Gerede, dass wir bei den Rebellen Zuflucht finden könnten?“

„Ich wollte zum SternenTor“, verteidigt sich Sam, völlig perplex über Val'ars plötzlichem Gefühlsausbruch, der so gar nicht zu der sonst so beherrschten Jaffa passen wollte. „Erst als wir es nicht benutzen konnten, bin ich auf die Idee mit den Rebellen gekommen. Wohin sollten wir auch sonst?“

„Ja, wohin wohl sonst?“, giftete Val'ar. „Wir wäre es mit diesem anheimelnden Flecken? Wir könnten einfach landen und darauf warten, bis wir entweder verdursten oder Tak'kor uns findet und eines ist ungefähr so angenehm wie das andere.“ Erneut ballte sie wütend die Fäuste. „Die ganze Zeit über bin ich davon ausgegangen, dass wir als letzten Ausweg zu deinen Rebellenfreunden flüchten können, falls wir das SternenTor nicht erreichen und jetzt sagst du so einfach, dass du auch nicht weißt, wo wir sie finden.“

„Sie sind nicht meine Freunde“, sagte Sam scharf. Die unberechtigten Vorwürfe der Jaffa machten nun auch sie wütend, nachdem sich ihre erste Überraschung darüber gelegt hatte. „Und ich habe nie etwas anderes behauptet."

„Natürlich nicht, solange du damit rechnen musstest, dass wir in der Zelle abgehört werden. Aber ich hätte mich dir niemals angeschlossen, wenn ich nicht davon überzeugt gewesen wäre, dass du lügst." „Ach ja?", Carter stemmte die Hände in die Hüften und funkelte die Jaffa zornig an. „Welche andere Wahl wäre dir denn geblieben? Du hättest höchstens tatenlos auf deine Hinrichtung warten können. Jetzt sind wir wenigstens noch frei."

„Und werden in *Freiheit* sterben. Wirklich großartig, genau das, was ich mir schon immer gewünscht habe."

Mit einem wütenden Schnauben wandte sie sich wieder dem Kontrollpult zu und griff nach dem Hebel. Die Plattform beschrieb einen engen Kreis und flog dann wieder in die Richtung, aus der sie gekommen waren.

„Zum Teufel, was hast du vor?", rief Sam alarmiert.

„Was schon? Ich fliege zurück. Vielleicht wird Tak'kor Milde walten lassen und mir einen schnellen Tod zugestehen, wenn wir uns freiwillig stellen. Auf diese Art rette ich wenigstens noch die Goa'uld-Larve in mir. Wenn wir hier draußen verrecken, stirbt auch sie einen völlig sinnlosen Tod."

„Das wirst du nicht tun!", keuchte Sam. „Lieber sterbe ich hier, als zu Tak'kor zurückzukehren und zum Wirt für einen Goa'uld zu werden!"

Sie griff nach ihrer Strahlenlanze, die ein Stück neben ihr lag, doch noch bevor sie sie zu fassen bekam, fuhr Val'ar herum und versetzte ihr einen harten Tritt gegen die Brust. Sam wurde zurückgeschleudert und bevor sie sich wieder aufrichten konnte, war die Jaffa über ihr.

Instinktiv riss Carter die Arme hoch und blockte einen Fausthieb Val'ars ab, dann rollten sie aneinander geklammert über den Boden. Sam prallte mit dem Rücken gegen einen der Roboterarme. Ein greller Schmerz durchfuhr sie und sie schrie auf. Sie hatte das Gefühl, ihr Rückgrat würde in zwei Teile gebrochen.

Val'ar hob die Faust zu einem weiteren Schlag, doch im gleichen Moment begann die Plattform plötzlich wieder zu bocken. Der Motor begann zu stottern und im nächsten Moment verstummte er.

4

Ein harter Ruck ging beim Ausfall des Motors durch die Plattform, aber der Schwung trieb das Gefährt weiter voran und verhinderte, dass es wie ein Stein in die Tiefe stürzte. Nur eine knappe Sekunde später sprang der Motor wieder an, aber er lief nur noch unregelmäßig und stockend.

Val'ar ließ Sam los, sprang auf und war mit einem Satz bei der Kontrolltafel. Die Tatsache, dass sie sich gerade noch bekämpft hatten, war vorübergehend vergessen; jetzt ging es um ihr gemeinsames Überleben.

Auch Carter kämpfte sich wieder auf die Beine und trat neben sie.

„Was ist los?"

„Ich weiß nicht", murmelte Val'ar und drückte in fliegender Hast auf mehrere Symbole hintereinander. „Anscheinend hat der Motor doch etwas abbekommen oder er ist schlichtweg überhitzt."

Wie zur Bestätigung ihrer Worte begann das Triebwerk erneut zu stottern und setzte dann ganz aus. Die Plattform sank tiefer, doch erneut sprang der Motor nach einer knappen Sekunde wieder an.

„Ich muss landen oder wir stürzen ab", stieß Val'ar hervor. „Vielleicht reicht es schon, wenn wir dem Motor eine Weile Ruhe gönnen und ihn abkühlen lassen."

Sam unterdrückte nur mit Mühe einen Fluch. Ein Maschinenschaden würde Val'ar daran hindern, ihren Plan zu verwirklichen, zu Tak'kor zurückzukehren, aber das wäre auch der einzige Vorteil. Eine Bruchlandung hier mitten im Nirgendwo würde höchstwahrscheinlich auch ihr Ende bedeuten. Ohne Wasser hatten sie kaum eine Chance, in der Sonnenglut länger als ein paar Stunden zu überleben. Schon jetzt war ihre Kehle völlig ausgedörrt.

In der Ferne waren die Gipfel eines Gebirges zu sehen, aber einen Fußmarsch bis dorthin würden sie durch diese Gluthölle nicht durchhalten, falls der Motor wirklich den Geist aufgab. Wenn, dann würden sie nur nachts weitergehen können, aber gleichgültig, wie lang oder kurz die Tage hier waren, es würde auf jeden Fall noch mehrere Stunden bis zum Sonnenuntergang dauern. Sollten sie bis dahin überhaupt noch leben, würden sie zumindest einen gehörigen Sonnenstich erlitten haben und wären bereits so geschwächt, dass sie unmöglich noch einen längeren Fußmarsch unternehmen könnten, sofern sie kein Versteck fanden, wo sie vor der Hitze geschützt wären. Außer ein paar vereinzelten Felsen war jedoch weit und breit nichts zu entdecken, das ihnen wenigstens Schatten spenden konnte.

Val'ar steuerte das Gefährt tiefer. Gleich darauf setzte der Antrieb erneut aus, aber diesmal sprang der Motor nicht wieder an. Die Plattform flog noch ein paar Meter weiter, wobei sie ständig tiefer sank, dann prallte sie mit einem harten Ruck auf. Carter spürte einen Schlag und wurde von den Füßen gerissen. Instinktiv versuchte sie, sich an dem kleinen Kontrollpult festzuklammern, doch ihre Hände griffen ins Leere.

Für ein, zwei Sekunden verlor sie völlig die Orientierung, dann spürte sie einen weiteren Schlag, als sie auf dem Boden aufprallte. Glücklicherweise nahm der weiche Sand ihrem Sturz die ärgste Wucht.

Sie rappelte sich auf und blickte sich um. Val'ar war genau wie sie von der Flugscheibe geschleudert worden und bereits wieder aufgestanden. Die Plattform selbst hatte sich mit dem vorderen Drittel in den Boden gebohrt, schien den Absturz ansonsten aber unversehrt überstanden zu haben, wie Carter erleichtert feststellte. Im Augenblick war die Plattform wichtiger als alles andere. Wenn es ihnen nicht gelang, den Antrieb zu reparieren, konnten sie sich ebenso gut mit ihren Strahlenlanzen selbst erschießen. Das ging schneller und schmerzloser und das Ergebnis war das Gleiche.

Val'ar kehrte zu dem Gefährt zurück und schaufelte mit beiden Händen den Sand am vorderen Ende zur Seite, wo es sich in den Boden gebohrt hatte. Carter wischte sich den Sand vom Gesicht, wo er sich mit ihrem Schweiß verbunden hatte und wie Sandpapier über ihre Haut schmirgelte.

„Was hältst du davon, wenn du mir mal hilfst, auch wenn Zuschauen natürlich um einiges bequemer ist?", blaffte Val'ar sie an.

„Ich habe keine Lust, länger als unbedingt nötig hier zu bleiben und wir müssen das Ding erst einmal wieder in eine vernünftige Position bringen, erst dann kann ich mich um den Motor kümmern."

Carter nickte hastig und beeilte sich, zu ihr zu kommen und ihr beim Graben zu helfen. Sie schaufelten mehrere Minuten lang Sand beiseite, bis Val'ar sich aufrichtete.

„Wenn wir uns jetzt ans hintere Ende hängen, müsste es eigentlich klappen“, keuchte sie.

Zusammen traten sie an das hoch aus dem Sand aufragende Ende. Carter wartete, bis Val'ar ein Zeichen gab, dann sprang sie gleichzeitig mit ihr in die Höhe. Sie bekam die Umrandung mit ihren Händen zu packen und was sie erhofft hatten, geschah, wenn auch viel schneller und leichter als erwartet. Die Plattform bekam Übergewicht und hob sich mit dem vorderen Teil aus dem Sand, während das Ende herabstürzte und sie unter sich zu begraben drohte. Mit einem erschrockenen Ruf ließ Sam den Rand los und wälzte sich sofort zur Seite. Val'ar tat es ihr gleich. Kaum eine Handlänge neben ihr prallte das Gefährt zu Boden, hüpfte noch einmal und blieb dann liegen.

Carter stieß lautstark die Luft aus, als sie merkte, wie knapp sie dem Tod oder zumindest einer schweren Verletzung entronnen war. Sie zitterte am ganzen Körper, als sie aufstand. Nur langsam begannen sich ihre Nerven wieder zu beruhigen.

„An deiner Seite kann man wirklich etwas erleben. Und das hätte ich mir fast entgehen lassen“, scherzte Val'ar, doch ihr angestrengter Tonfall verriet, dass auch ihr der Schreck in den Gliedern saß.

Die Jaffa trat auf die Plattform und öffnete zwei Klappen im Boden. Aus der einen Öffnung nahm sie einige Werkzeuge, dann beugte sie sich über die andere, in der technische Aggregate zu sehen waren. Von Motoren verstand Carter so gut wie gar nichts, erst recht nicht von der Technik der

Goa'uld, sodass sie gar nicht erst versuchte, Val'ar zu helfen. Wahrscheinlich hätte sie sie dabei wohl ohnehin nur behindert.

Schon nach kaum einer Minute richtete Val'ar sich bereits wieder auf und schüttelte den Kopf. Schweiß rann ihr in breiten Bahnen übers Gesicht.

„Sinnlos", erklärte sie. „Der Motor ist völlig überhitzt. Im Moment kann ich gar nichts machen. Wir müssen abwarten, bis er sich abgekühlt hat."

Sam sparte sich einen spöttischen Kommentar, dass in dieser Hitze von einer Abkühlung wohl kaum die Rede sein könnte. Dafür war die Situation zu ernst.

„Und was machen wir bis dahin?", fragte sie stattdessen.

„Wir warten", antwortete Val'ar. „Was sollen wir schon sonst machen?"

IM SANDSTURM

1

Es war ein Marsch durch die Hölle. Schon nach wenigen Minuten bedauerte es O'Neill, dass er sich darauf eingelassen hatte, doch da war es längst schon zu spät, um noch umkehren zu können. Er hatte gewusst, dass es allen beschwichtigenden Worten Sha'tars zum Trotz alles andere als ein Spaziergang sein würde, aber er hatte nicht damit gerechnet, dass es so schlimm werden würde.

Ohne die Atemgeräte, die Daniel, Teal'c und er bekommen hatten, hätten sie nicht einmal diese ersten Minuten überlebt, aber obwohl sie dadurch immerhin frei atmen konnten, waren damit noch längst nicht alle Schwierigkeiten beseitigt.

Um ihre Gesichter bestmöglich zu schützen, hatten sie sich zusätzlich zu den Atemmasken und Schutzbrillen noch Stirnbänder und Tücher umgebunden, aber es gab trotzdem noch einige freie Stellen, an denen der Sand, der ihnen entgegen gepeitscht wurde, sie traf und so klein sie auch sein mochten, sie schmerzten höllisch. Hinzu kam, dass auch die Tücher nur einen höchst unvollkommenen Schutz boten.

O'Neill wusste nicht, wie lange sie sich mittlerweile schon durch das Inferno aus Dunkelheit, Sturm und Sand vorwärts kämpften. Es interessierte ihn auch nicht; er wünschte nur, dass all dies schon vorbei wäre, doch wusste er, dass das Schwierigste ihnen noch bevorstand.

Bislang hatte Sha'tar noch kein Wort darüber gesagt, wie genau er sich den Angriff auf Anubis' Stützpunkt eigentlich vorstellte. Die gut zweihundert Jaffa, die Bastet ihnen mit auf den Weg gegeben hatte, mochten eine beeindruckende Streitmacht sein und das Gleiche galt für das Kriegsmaterial, das sie mit sich führten, doch was das betraf, machte sich O'Neill erst gar keine falschen Hoffnungen.

Die Panzer und Geschütze erinnerten ein wenig an altmodische Kanonen, die auf einer dicht über dem Boden schwebenden Lafette befestigt waren, obwohl sie mit Sicherheit keine Kugeln sondern hochkonzentrierte Strahlenschüsse abfeuern würden. Wahrscheinlich hätte ihnen kein irdischer Bunker auf Dauer standgehalten. Ob sie allerdings genug Feuerkraft für einen Vernichtungsschlag gegen einen befestigten Jaffa-Stützpunkt aufbringen würden, stand auf einem ganz anderen Blatt.

Anubis hatte seine Krieger zu einem Kampfeinsatz nach Hellfire geschickt. Entsprechend viele würde es sein und mit Sicherheit glich ihr Stützpunkt einer uneinnehmbaren Festung. Bislang hatte sich Sha'tar über seine Taktik eisern ausgeschwiegen. O'Neill konnte nur hoffen, dass er einen guten Plan hatte.

Vielleicht war der Sandsturm wirklich ihr wichtigster Verbündeter. Wenn es ihnen gelang, in seinem Schutz unbemerkt und ohne von den Abwehrgeschützen unter Beschuss genommen zu werden bis zum Stützpunkt vorzudringen, in einem Überraschungsangriff die Tore aufzusprengen und in die Station einzudringen, stiegen ihre Chancen beträchtlich.

Wenigstens brauchten sie nicht zu befürchten, zwischen zwei Fronten zu geraten, falls Anubis Verstärkung schickte. Sha'tar hatte einen Teil seiner Leute am SternenTor zurückgelassen, die dafür sorgten, dass es stets geöffnet blieb, sodass niemand sonst es anwählen konnte.

Von Zeit zu Zeit flaute der Sturm ab, als wolle er sich legen, doch stets handelte es sich nur um kurze Pausen. Jack und Daniel hielten sich an der Lafette eines der Geschütze fest, damit der Sturm sie nicht von den Beinen reißen und davonwirbeln konnte. Auch Teal'c machte bei besonders heftige Böen davon Gebrauch, versuchte ansonsten jedoch, sich möglichst aus eigener Kraft auf den Beinen zu halten.

Während die Wucht des Sturms gerade wieder einmal nachließ, trat Sha'tar zu ihnen.

„Geht es noch?", erkundigte er sich. Obwohl der Helm seine Stimme verzerrte, glaubte O'Neill ehrliche Besorgnis aus seinen Worten heraus zu hören.

„Wie weit ist es noch?", presste er hervor. Das Atemgerät erschwerte das Reden.

„Noch etwa eine halbe Meile, dann..." Seine weiteren Worte gingen im Heulen einer neuerlichen Sturmbö unter. Obwohl der Jaffa kaum einen Schritt von ihm entfernt stand, verschwand seine Gestalt hinter einem Schleier aus Sand und Dunkelheit.

O'Neill quälte sich weiter, setzte mühsam einen Fuß vor den anderen, während er sich mit beiden Händen an der Lafette festklammerte und aufpassen musste, dass er nicht von einer Bö gegen das Gefährt geschleudert wurde, wie es ihm schon mehrfach passiert war. Wahrscheinlich hatte er schon unzählige Prellungen am ganzen Körper davongetragen. Sie brauchten fast eine Stunde, um die halbe Meile zurückzulegen, von der Sha'tar gesprochen hatte und es wurde die längste Stunde in Jacks Leben. Mehr als einmal glaubte er, mit seinen Kräften am Ende zu sein und keinen Schritt mehr weitergehen zu können, aber irgendwie schaffte er es doch immer wieder.

Genauso war es bei Daniel. Jack fragte sich, wie der stets etwas schwächlich wirkende Wissenschaftler diese Tortur durchhielt, aber Daniel schlug sich tapfer.

O'Neill wusste nicht, wie es den Jaffa erging, aber er vermutete, dass auch sie bereits zu Tode erschöpft waren. Wie sie in diesem Zustand noch gegen ausgeruhte Krieger, die zudem noch den Heimvorteil auf ihrer Seite hatten, kämpfen sollten, war ihm ein Rätsel. Dieses Unternehmen konnte nur scheitern. Irgendwann schließlich blieb die Lafette, neben der er sich dahinschleppte, stehen. Jack registrierte es im ersten Moment nicht einmal, sondern machte noch ein, zwei weitere Schritte und brach dann in die Knie. Er stürzte nach vorne und blieb regungslos liegen, überzeugt davon, dass er niemals mehr aus eigener Kraft auf die Beine kommen würde.

2

Fieberhafte Aktivität entwickelte sich um ihn herum und zahlreiche Jaffa eilten durcheinander, doch Jack nahm es nur flüchtig wahr. Er war zu Tode erschöpft und wäre am liebsten auf der Stelle eingeschlafen, doch noch kämpfte er dagegen an.

Ein lautes Donnern, das sogar das Tosen des Sturms übertönte, riss ihn schließlich aus seiner Benommenheit. Mühsam richtete er sich auf. Für einen Moment war er nicht sicher, ob er sich das Donnern nur eingebildet hatte, doch dann wiederholte es sich gleich mehrfach und jetzt erkannte er, dass es sich ohne Zweifel um Explosionen handelte.

Verwirrt blickte er sich um. Das Geschütz neben ihm wurde gerade erst schussbereit gemacht und da der

Sandsturm während der letzten Minuten wieder etwas nachgelassen hatte, konnte er erkennen, dass es bei zwei weiteren in seiner Nähe ebenso war. Dennoch donnerten nun fast unablässig Explosionen.

Wenn nicht Sha'tars Leute die Schüsse abgaben, dann musste es sich um Abwehrfeuer aus dem Stützpunkt handeln. Offenbar hatte man sie entdeckt.

Um dem Sturm möglichst wenig Angriffsfläche zu bieten, kroch er dicht an den Boden gepresst ein Stück nach hinten, bis er sich hinter dem Geschütz befand. Auch Daniel hatte hier bereits Deckung gesucht. Zwar bezweifelte Jack, dass es sie bei einem Treffer in ihrer unmittelbaren Nähe retten würde, aber es bot ihnen zumindest einen Schutz bei einem weiter entfernten Einschlag.

Der Sandsturm nahm wieder zu, erreichte aber nicht mehr die vorherige Stärke und schon nach wenigen Minuten flaute er erneut ab. Wie es schien, war seine schlimmste Macht gebrochen. O'Neill versuchte zu erkennen, von woher die Explosionen kamen. Er meinte, es irgendwo vor sich in der Dunkelheit aufblitzen zu sehen, aber keines der Geschütze in seiner Nähe feuerte. Er konnte sich keinen Reim darauf machen.

Der Sturm legte sich allmählich vollständig und O'Neill sah, dass er sich nicht getäuscht hatte. Die Explosionen kamen tatsächlich von vorne, ungefähr von dort, wo Anubis' Stützpunkt liegen musste und der Lichtintensität der Einschläge zufolge mussten sie gewaltig sein.

Er entdeckte Sha'tar ganz in seiner Nähe, sprang auf und eilte auf ihn zu. Der Sturm zerrte an seiner Kleidung, war aber längst schon nicht mehr stark genug, ihn nennenswert zu behindern.

„Was hat das zu bedeuten?“, brüllte er, als er den Jaffa erreichte.

Sha’tar wandte sich ihm zu. Es war für Jack immer noch ein unheimliches Gefühl, in die undurchdringlichen roten Kristallaugen des Helms zu starren.

„Bastet!“, rief der Jaffa zurück. Nur dieses eine Wort und es dauerte ein paar Sekunden, bis Jack begriff, was er damit meinte.

„Was …“ stieß er hervor, dann riss er sich das Tuch vom Gesicht und nahm das Atemgerät ab, weil es ihn zu stark beim Sprechen behinderte. Noch immer war die Luft voller Sand, der augenblicklich in seinen Mund und seine Nase drang, aber er bemerkte es kaum. „Bastet ist *hier?*“

„Ihr Schiff hat die ganze Zeit auf der anderen Seite der Sonne gewartet, wo es nicht geortet werden konnte“, erklärte Sha’tar. „Aber der San’kuah, der Sandsturm, stört die Ortungsgeräte des Stützpunktes, sodass es sich Anxion nähern konnte, um uns aus der Luft zu unterstützen. Allein würden wir den Stützpunkt niemals erobern können.“

Jack konnte kaum glauben, was er hörte. Wenn Sha’tar die Wahrheit sagte, dann hatte auch das Treffen mit der Goa’uld gar nicht in ihrem Palast stattgefunden, sondern sie hatten sich auf ihrem *Schiff* befunden. Er wusste, wie gigantisch die Mutterschiffe der Goa’uld waren, trotzdem war er bislang erst gar nicht auf den Gedanken gekommen, dass sie sich an Bord eines solchen befunden haben könnten.

Er hob den Kopf und blickte zum Himmel hinauf. Obwohl er wusste, dass es sich nur um Einbildung handelte, glaubte er für einen Moment, den gewaltigen schwarzen Schatten des Schiffes zu sehen, das den Stützpunkt von dort oben aus bombardierte.

Auch die Geschütze, die sie mit sich geführt hatten, begannen nun zu feuern. Mehr als armdicke Energiestrahlen brachen aus ihnen hervor und entfalteten ihre vernichtende Wirkung punktgenau in einem gemeinsamen Ziel irgendwo vor ihnen. Undeutlich erkannte O'Neill die Umrisse eines großen Felsmassivs, das sich aus den tanzenden Sandschleiern schälte.

Das Bombardement aus der Luft hörte auf. Zumindest der oberirdische Teil des Stützpunkts musste fast völlig zerstört sein und damit auch seine sämtlichen Abwehreinrichtungen.

Mehrere Minuten lang feuerten die Geschütze in nahezu unablässiger Folge. Der Sandsturm war mittlerweile so weit abgeflaut, dass Jack erkennen konnte, dass das Bergmassiv an der Stelle, auf die sich ihr Beschuss konzentrierte, in grellem Höllenfeuer glühte.

„Es ist so weit", sagte Sha'tar schließlich. „Die Geschütze haben die Tore gesprengt. Jetzt können wir den Rest erledigen."

VERSCHOLLEN IM NIRGENDWO

1

Sie hatten eine halbe Stunde gewartet, um dem Motor genügend Zeit zum Abkühlen zu lassen, doch währenddessen hatte Samantha Carter das Gefühl, bei lebendigem Leib geröstet zu werden. Sie hatte ihre Uniformjacke ausgezogen und sich genau wie Val'ar neben der Plattform auf den Boden gekauert, wo es wenigstens ein bisschen Schatten gab, doch auch dieser bot keine nennenswerte Erleichterung. Während der ganzen Zeit war die Sonne am Himmel kaum weitergewandert. Sam versuchte erst gar nicht, sich etwas vorzumachen: Wenn es ihnen nicht gelang, die Plattform wieder flugtauglich zu bekommen, waren sie verloren.

Sie verscheuchte den Gedanken. Val'ar würde es schon schaffen, daran klammerte sich Sam. Nicht, weil sie es wirklich glaubte, da ihr jede Möglichkeit fehlte, die Schwere des Schadens abzuschätzen, sondern einfach deshalb, weil sie es glauben *wollte*, denn diese Hoffnung war alles, was ihr noch blieb.

Seit fast einer Viertelstunde mühte sich Val'ar nun schon ab, das Gefährt zu reparieren und ihr Gesichtsausdruck verfinsterte sich dabei immer mehr, was Sams schlimmste Befürchtungen noch verstärkte. Ein paar Mal versuchte die Jaffa, den Motor zu starten, doch der Antrieb gab keinen Laut von sich.

Schließlich warf Val'ar wütend das Werkzeug zur Seite, sprang von der Plattform herunter und ließ sich neben Carter zu Boden fallen. Sie war schweißgebadet und ihr Blick wirkte leicht glasig.

„Sinnlos“, murmelte sie.

„Du musst es weiter versuchen“, drängte Sam sie. „Wir müssen es irgendwie schaffen.“

„Ich sagte doch schon, es ist sinnlos. Ich finde nicht einmal heraus, wo der Fehler liegt, geschweige denn, dass ich ihn reparieren könnte. Dazu wäre höchstens ein Spezialist in der Lage.“

„Verdammt!“, Sam biss die Zähne zusammen und schlug wütend mit der Faust in den Sand.

Val'ar starrte eine Zeit lang schweigend zu dem in der Ferne aufragenden Gebirgsmassiv hinüber.

„Ganz so weit ist es nicht mal“, sagte sie schließlich. „Jedenfalls nicht unerreichbar weit. Wenn wir bis zum Sonnenuntergang durchhalten, könnten wir es im Laufe der Nacht schaffen. Vielleicht finden wir dort sogar irgendwo Wasser.“

„Und wie lange wird es noch dauern, bis die Sonne untergeht?“

„Ich schätze, fünf bis sechs Stunden, vielleicht auch sieben oder acht.“

Sam schnitt eine Grimasse und zuckte resignierend mit den Schultern. „Falls wir bis dahin überhaupt noch leben, sind wir viel zu schwach für einen längeren Marsch“, stellte sie fest.

„Dann müssen wir uns eben solange irgendwo verkriechen, wo wir vor der Hitze einigermaßen geschützt sind.“

„Ach ja?“, Carter machte eine weitausholende Geste. „Ich sehe nur Sand und Sand und noch mehr Sand. Dieser ganze verfluchte Planet ist nichts weiter als ein riesiger Backofen, auf den anscheinend sämtlicher Sand geschaufelt wurde, der bei der Entstehung des Universums übrig geblieben ist."

„Und wenn wir uns im Boden eingraben?", schlug Val'ar vor und setzte sich ihr mit untergeschlagenen Beinen gegenüber. Ihre Stimme klang nicht besonders überzeugend und Carter antwortete erst gar nicht. Es war unmöglich, mit bloßen Händen ein Loch zu graben, das so tief war, dass es ihnen Schutz vor der Sonne bieten konnte. Der größte Teil des Sandes, den sie wegschaufelten, würde an den Seiten wieder ins Loch zurückrieseln.

Einige Minuten lang hingen sie schweigend ihren Gedanken nach. Bereits jetzt verspürte Sam einen fast übermächtigen Durst und sie wusste, dass er von Minute zu Minute schlimmer werden würde. Sechs bis acht Stunden in dieser Sonnenglut? Lächerlich! Sie würde nicht einmal mehr zwei durchhalten.

„Was sind wir doch für Dummköpfe!", rief Val'ar plötzlich und sprang auf. „Mir scheint, ich kann wirklich schon nicht mehr vernünftig denken. Natürlich schaffen wir es nicht, mit bloßen Händen ein Loch zu graben, aber das brauchen wir auch gar nicht."

„Was meinst du?", fragte Sam.

Val'ar deutete auf die Plattform. „Womit sind wir denn schließlich unterwegs? Diese Dinger können alle zur Anlage und Wartung eines kompletten Stützpunktes nötigen Arbeiten ausführen. Damit grabe ich notfalls ein Loch bis zum Mittelpunkt dieser Welt."

„Aber der Motor..."

„Hat damit gar nichts zu tun, das ist es ja gerade", erklärte die Jaffa. „Die Energiezelle ist noch fast voll, nur der Antrieb funktioniert nicht mehr. Aber die Greifarme arbeiten davon völlig unabhängig." Sie kletterte wieder auf die Plattform hinauf und öffnete eine Klappe am Fuß der bizarren Aufbauten. Auch Carter stand auf und beobachtete über den Rand der Umrandung hinweg, was sie tat. Unter der Klappe befand sich ein weiteres kleines Kontrollfeld mit mehreren Symboltasten.

Val'ar drückte nacheinander auf zwei davon. Einer der Roboterarme wuchs in die Länge, klappte an der Spitze auseinander und formte sich zu einem halbmetergroßen Schaufelblatt. „Es funktioniert!", rief Val'ar triumphierend und drückte auf ein weiteres Symbol.

Summend fuhr der Greifarm weiter aus und das Schaufelblatt senkte sich in die Erde.

2

Obwohl der Greifarm der Reparaturplattform unermüdlich und mit rasender Geschwindigkeit arbeitete, dauerte es fast eine Stunde, bis er eine ausreichend große und tiefe Grube ausgehoben hatte. Gerade Letzteres war wichtig, denn um an ihrem Grund vor den fast senkrecht von oben hereinfallenden Strahlen der Sonne Schutz zu bieten, musste die Grube mehr als drei Meter tief sein. Wie Carter befürchtet hatte, bildete der von den Seiten ständig nachrieselnde Sand das größte Problem, da er fast schneller nachsackte als ihn der Roboterarm wegschaufeln konnte. Erst als sie nach einiger Zeit, die ihr wie eine qualerfüllte Ewigkeit vorkam, auf die Idee kamen, einen Teil des Sandes mit ihrer Strahlenlanze zu verdampfen, sodass die Ränder der Grube glasierten und somit nichts mehr nachrutschen konnte, ging die Arbeit einigermaßen zügig voran.

Mit der Strahlenlanze brannte Carter mehrere kleine Löcher in eine Seitenwand, die sie als Trittstufen benutzen und leicht in die Grube hinabsteigen konnten. An ihrem Grund herrschte nicht nur Schatten, sondern der Sand fühlte sich dort sogar einigermaßen kühl an, aber das würde sich mit Sicherheit schon bald ändern. Dennoch war sie schon froh über die zumindest vorübergehende Erleichterung.

Dennoch bezweifelte Carter, dass sie am Abend noch genug Kraft für einen Gewaltmarsch über mehrere Kilometer haben würde.

„Wir brauchen unbedingt Wasser“, stellte sie fest, als auch Val'ar in das nur kapp einen Meter durchmessende Erdloch herabgestiegen war und sich neben sie setzte. „Wie weit lässt sich der Roboterarm maximal ausfahren?“

„Etwa zehn Meter“, antwortete Val'ar . „Vielleicht auch etwas mehr. Warum?“

„Wir könnten ihn weitergraben lassen, während wir hier auf den Sonnenuntergang warten. Selbst auf Hellfire muss es Grundwasser geben. Möglicherweise schafft es die Schaufel tief genug.“

Val'ar schüttelte mit einem sanften Lächeln den Kopf.

„Du hast Recht, es gibt unterirdische Wasservorräte hier, aber sie liegen in fast fünfzig Meter Tiefe. So tief kommt die Schaufel auf keinen Fall.“

„War auch nur so eine Idee. Was ist mit der Plattform? Enthält sie kein Kühlwasser oder etwas in der Art?“

„Kühlwasser?“, Fragend blickte Val'ar sie an. „Was soll das sein?“

„Na ja, Wasser um den Motor oder zumindest einige empfindliche Teile zu kühlen, wie es der Name schon sagt.“

„Und dazu benutzt ihr bei euren Maschinen Wasser?“, Val’ars Stimme klang spöttisch. „Es ist wirklich äußerst erstaunlich, wie es ein Volk mit einer so minderwertigen Technologie wie eurer so weit bringen konnte.“

Obwohl er sicher nicht böse gemeint war, kränkte ihr Spott Sam. „Unfehlbar sind eure Geräte jedenfalls auch nicht, sonst säßen wir hier nicht fest“, gab sie gereizt zurück.

Noch während sie die Worte aussprach wurde ihr bewusst, dass sie auf dem besten Weg waren, sich gegenseitig an die Kehle zu gehen. Ihre Nerven waren ziemlich angespannt, und obwohl sie das wusste, gelang es ihr nur mit Mühe, ihren Groll zu unterdrücken. „Hören wir auf zu streiten, das bringt uns auch nicht weiter“, sagte sie matt.

Sie schaute zu dem kreisrunden Ausschnitt Himmels über ihren Köpfen hinauf. Noch waren nicht die leichtesten Vorboten der Abenddämmerung zu erkennen und obwohl sie wusste, dass es bis zum Sonnenuntergang noch mehrere Stunden dauern würde, hoffte sie wider besseren Wissens, dass durch irgendein Wunder die Zeit schneller vergehen würde. Das Erdloch bot ihnen Schutz vor der sengenden Sonnenglut, aber zugleich fühlte sie sich hier auch wie lebendig begraben.

Sie hatte den Angriff der Jaffa bei ihrer Ankunft am SternenTor überlebt, war aus Tak’kors Gefangenschaft geflohen und hatte auch den Sandsturm lebend überstanden. Konnte das Schicksal so grausam sein, sie alles dies schaffen zu lassen, nur um sie in diesem sandigen Erdloch hier sterben zu lassen?

Wieder blickte Carter zum Himmel hinauf. Die Zeit schien nur mit quälender Langsamkeit zu verstreichen. Das untätige Warten machte sie fast wahnsinnig.

Nach einiger Zeit merkte sie, wie ihr die Augen zufielen und Müdigkeit ihren Geist überschwemmte, doch sie wehrte sich nicht dagegen. Sie ließ ihre Gedanken treiben und glitt in einen leichten Schlummer, der unbemerkt in einen tiefen Erschöpfungsschlaf überging.

Das Erste, was sie registrierte als sie schließlich wieder aufwachte, war das Nachlassen der Hitze. Fast automatisch richtete sie ihren Blick nach oben. In das Azurblau des Himmels hatte sich ein gräulicher Schimmer gemischt.

Verwundert rieb sie sich die Augen und gähnte.

„Wie lange habe ich geschlafen?", fragte sie.

Val'ar saß mit untergeschlagenen Beinen neben ihr. Ihre Augen wirkten leer, ihr Blick war in imaginäre Ferne gerichtet. Erst als Sam sie ansprach, löste sie sich aus ihrer Trance, in die sie offenbar versunken war.

„Fast fünf Stunden", antwortete sie.

„Fünf..." Sam zuckte erschrocken zusammen. Sie hatte das Gefühl, nur kurz eingenickt gewesen zu sein.

„Es war das Beste, was du tun konntest", fuhr Val'ar fort. „Du warst erschöpft und außerdem verbrauchte dein Körper im Schlaf weniger Flüssigkeit. Ich habe die Zeit genutzt, um durch Meditation mit meinem Goa'uld zu verschmelzen und meine Kräfte auf diese Art zu regenerieren."

„Wenn ich jetzt noch etwas zu trinken zum Frühstück bekommen könnte, wäre ich wahrscheinlich topfit", scherzte Sam. Der Schlaf hatte sie von ihrem Durst abgelenkt, doch nun kehrte dieser mit Macht zurück. Ihr Mund war wie ausgedörrt und ihre Zunge fühlte sich wie ein pelziger Lappen an. Sam stand auf. Erst jetzt merkte sie, dass ihre Glieder von der unbequemen Haltung beim

Schlafen steif geworden waren. Sie reckte und streckte sich, so weit dies in der engen Grube möglich war.

Obwohl sie aufrecht stand, gelang es ihr erst, die Sonne zu sehen, als sie mit Hilfe der Trittstufen nach oben gestiegen war und den Kopf über den Rand der Grube hob. Es war immer noch heiß, aber die Sonne hing nun nur noch wenige Handbreit über dem Horizont und färbte sich allmählich orange. In spätestens einer halben Stunde würde sie vollends untergehen.

Sam hatte genug gesehen und sprang wieder auf den Grund der Grube hinab.

„Nicht mehr lange, dann können wir los", stieß sie hervor. Val'ar antwortete nicht. Sie blickte nicht einmal auf.

3

Die Sonne über Hellfire schien in rasendem Tempo zu wachsen und sich dabei gleichzeitig immer rötlicher zu färben, bis sie nach ziemlich genau der von Carter geschätzten halben Stunde als tiefroter Glutball hinter dem Horizont versank.

Trotzdem konnten sie nicht sofort aufbrechen, sondern mussten sie sich noch einmal fast eine Stunde gedulden, bis die Temperatur auf ein einigermaßen erträgliches Maß abgesunken war. Zu Hause auf der Erde wäre Sam die Hitze immer noch unsäglich erschienen, zumal sich der militärische Komplex mit dem SternenTor in Colorado nicht gerade in einem der sonnenverwöhntesten Staaten der USA befand. Hier jedoch kam ihr die Abkühlung, die mit dem Anbruch der Nacht einsetzte, gegenüber der Gluthitze des Tages geradezu himmlisch vor.

„Und jetzt?“, fragte Val’ar, nachdem sie aus der Grube herausgeklettert waren.

„Ich dachte, das wäre klar. Wir versuchen, das Gebirge zu erreichen.“

„Und du hoffst immer noch, dort auf diese Rebellen zu stoßen?“

„Ich weiß es nicht“, antwortete Sam. Es ärgerte sie, dass Val’ar dieses Gespräch jetzt schon wieder aufrollte. Die Jaffa schien sich bereits selbst aufgegeben zu haben und ihr Pessimismus wirkte ansteckend, aber Carter war entschlossen, sich nicht davon infizieren zu lassen. „Ich weiß nur, dass wir spätestens morgen tot sind, wenn wir nichts unternehmen. Es ist nicht sehr realistisch, dass wir durch puren Zufall auf den Stützpunkt der Rebellen stoßen, das ist auch mir klar. Aber darum geht es gar nicht. In den Bergen gibt es bestimmt Höhlen und vielleicht finden wir dort sogar Wasser. Du hast selbst den Vorschlag gemacht, dass wir dorthin gehen sollten.“

„Das war heute Nachmittag. Da wusste ich noch nicht, wie viel Kraft uns die wenigen Stunden hier draußen rauben würden.“ Sie blickte zu dem Gebirgsmassiv hinüber und schüttelte den Kopf. „Es sind mehr als dreißig Meilen bis dorthin. Du weißt so gut wie ich, dass wir das nicht schaffen.“

Auch Sam sah erneut zu dem Gebirge hinüber, das sich in der Dunkelheit nur als gezackte finstere Linie irgendwo weit im Westen abzeichnete. Das Schlimme war, dass Val’ar wahrscheinlich Recht hatte, aber das war etwas, das sie sich nicht eingestehen wollte.

Sie hob den Kopf und blickte zum Sternenhimmel hinauf. Diese Nacht auf Hellfire war außerordentlich klar und Millionen von Sternen schienen über ihr zu flimmern. Dennoch wirkte der Anblick merkwürdig falsch. Es war nicht der ihr Zeit ihres Lebens bekannte Sternenhimmel; sie entdeckte keine einzige vertraute Konstellation.

Schon als sie noch ein Kind war, hatte sie sich mehr für Science-Fiction-Filme interessiert, statt wie ihre Altersgenossinnen mit Puppen zuspielen. Damals war der unumstößliche Wunsch in ihr herangereift, Astronaut zu werden und eines Tages zu diesen fernen Welten zu fliegen und im Gegensatz zu vielen anderen, denen es als Kind nicht anders ging, hatte sie an diesem Traum festgehalten und auf seine Verwirklichung hingearbeitet.

Sie war zur Air Force gegangen und Kampfpilotin geworden. Allein im Golfkrieg war sie mehr als hundert Einsätze geflogen, doch ihr eigentliches Ziel war stets die Raumfahrt gewesen. Mit ihrer Erfahrung als Pilotin hatte sie sich bei der NASA beworben, doch stattdessen war sie zu SG-1 versetzt worden und ohne vorher auch nur etwas von diesem streng geheimen Projekt zu wissen, hatte sie ihren Traum, zu fremden Welten zu reisen, damit wahr machen können.

Die irdische Technik war noch Jahrzehnte, vielleicht Jahrhunderte davon entfernt, überlichtschnelle Raumschiffe zu bauen, mit denen man innerhalb weniger Tage oder zumindest Wochen zu anderen Sonnensystemen fliegen konnte. Ein Großteil aller irdischen Wissenschaftler beharrte sogar noch darauf, dass so etwas wie überlichtschnelle Raumfahrt generell unmöglich wäre, aber im Gegensatz zu ihr hatten diese Wissenschaftler sich auch noch nie an Bord eines Goa'uld-Raumschiffs aufgehalten. Die Entdeckung des SternenTors jedoch hatte ganz andere

Möglichkeiten für interplanetarische Reisen eröffnet. Seither hatte Sam bereits zahlreiche unbekannte Welten besucht und mehr als einmal war sie dabei in Lebensgefahr geraten. Manches Mal hatte sie sich nur mit viel Glück retten können und ihr war stets klar gewesen, dass ihr Glücksvorrat irgendwann einmal aufgebraucht sein würde.

Allerdings hatte sie immer geglaubt, wenn sie einmal sterben würde, dann würde es im Kampf gegen die Goa'uld passieren. Dass sie irgendwann einmal in einem völlig fremden Winkel der Galaxis auf einem dieser fernen Planeten, die zu bereisen sie schon als Kind erträumt hatte, halb verdurstet und zu Tode erschöpft ein so unrühmliches Ende finden würde wie es ihr jetzt drohte, hätte sie es sich nie träumen lassen. Sie war fest entschlossen, alles in ihrer Kraft stehende zu tun, um es nicht so weit kommen zu lassen. Irgendeiner dieser unzähligen Lichtpunkte dort oben war *ihre* Sonne, die von der Erde umkreist wurde und irgendwie würde sie es schaffen, wieder dorthin zurückzukehren. „Ich werde es auf jeden Fall versuchen. Entscheide dich, ob du mitkommen willst", stieß Sam hervor. Einige Sekunden lang musterte sie fast hasserfüllt das Wrack der Reparaturplattform, dann versetzte sie dem Gefährt einen kräftigen Tritt, um ihren Ärger daran abzureagieren. „Zur Hölle mit der Goa'uld-Technik!", rief sie, dann drehte sie sich um und stapfte los. Als sie sich nach einigen Schritten umblickte, sah sie, dass Val'ar ihr folgte.

4

Sie sprachen nicht viel miteinander, während sie sich durch die Wüste schleppten. Sam brannten eine Vielzahl von

Fragen auf der Zunge, über die Rebellen, über Tak'kor und vieles mehr, aber nichts davon war im Augenblick wichtig. Darüber hinaus tat ihr das Sprechen im Hals weh und sie sparte ihre Kräfte lieber.

Hellfire besaß einen Mond, der kurz nach ihrem Aufbruch aufgegangen war und die Landschaft mit silbrigem Licht übergoss, sodass sie die Wüste nicht im Dunkeln durchqueren mussten, doch das war auch die einzige angenehme Überraschung.

Als sie aus dem mehrstündigen Schlaf aufgewacht war, hatte sich Sam einigermaßen erholt gefühlt, doch das war eine Täuschung gewesen. Der Durst, der sie immer heftiger quälte, hatte ihren Körper ausgedörrt und geschwächt und das bisschen trügerische Kraft, das ihr der Schlaf verliehen hatte, war rasch aufgebraucht gewesen.

Schon bei ihrer Ankunft auf Hellfire hatte sie gemerkt, dass es anstrengend war, auf dem lockeren Sand zu gehen, in dem sie bis zu den Knöcheln einsank und da hatte sie nur wenige Schritte gemacht. Jetzt aber spürte sie erst richtig, wie kräftezehrend ein längerer Marsch hier wirklich war. Schon nach der ersten Meile hatte sie das Gefühl, Bleigewichte würden an ihren Beinen hängen und mit jeder weiteren Meile, die sie sich vorwärts schleppten, schienen sich diese Gewichte zu verdoppeln.

Selbst die an sich recht leichte Strahlenlanze schien ein immer größer werdendes Gewicht zu entwickeln. Am liebsten hätte Sam sie zurückgelassen, doch das wagte sie nicht. Es mochte sein, dass sie die Waffe noch dringend brauchte.

Nach zwei Stunden war sie bereits so erschöpft, dass sie eine Rast einlegen mussten. Val'ar schien es etwas besser als ihr zu gehen, was vermutlich an dem Goa'uld-Parasiten in ihrem Leib lag, doch auch sie war von den Strapazen gezeichnet.

So schwer es Carter auch fiel, sie musste sich eingestehen, dass die Jaffa mit ihrer pessimistischen Prognose Recht hatte. Sie würden es niemals bis zu dem Gebirge schaffen, aber sie versuchte mit aller Kraft, den Gedanken daran zu verdrängen.

Sie blieb eine Zeit lang nur erschöpft im Sand liegen und massierte anschließend ihre schmerzenden Waden, dann zwang sie sich mühsam zum Aufstehen und Weitergehen.

Schon wenige Minuten später verwandelte sich ihr Gang bereits wieder in ein ungelenkes Taumeln. Ihre Kraftreserven erschöpften sich immer rascher und solange sie kein Wasser fanden, würde sie sich auch nicht erholen können.

Ganz im Gegenteil. Sie hatte jetzt schon Fieber. Es würde nicht mehr lange dauern, bis dieses so stark wurde, dass sie zu phantasieren begann und irgendwann würde sie ins Delirium verfallen.

Vor ihr war ein etwa einen Meter durchmessender, sanft abfallender Trichter im Boden zu sehen. Er war kaum eine Handspanne tief und Sam wäre geradewegs hindurchgestapft, wenn Val'ar sie nicht am Arm gepackt und zurückgehalten hätte.

„Warte", krächzte die Jaffa erschrocken. Sie suchte den Boden kurz mit Blicken ab, bis sie einen etwa faustgroßen Stein gefunden hatte. Diesen hob sie auf, wog ihn ein paar Sekunden in der Hand und warf ihn dann zielsicher ins Zentrum des Kraters.

Alles geschah so schnell, dass Sam es kaum richtig mitbekam. Der gerade noch glatt und unberührt daliegende

Sand schien zu explodieren, als wäre dicht unter seiner Oberfläche eine Bombe gezündet worden. Inmitten des hochschießenden Geysirs tauchte ein riesiges, schwarzes *Etwas* auf, das nur aus blitzenden Krallen und furchtbaren Reißzähnen zu bestehen schien.

Mit einem entsetzten Schrei prallte Carter zurück. Instinktiv riss sie ihre Strahlenlanze hoch, doch noch bevor sie die Waffe aktivieren und einen Schuss abgeben konnte, war das *Ding* bereits wieder in sein unterirdisches Versteck zurückgewichen. Der Sand glättete sich wieder, bis nur noch der kaum sichtbare Trichter zurückblieb.

Sams Finger zitterten, als sie die Strahlenlanze wieder deaktivierte und sinken ließ. Voller Schrecken starrte sie auf die heimtückische Falle, der sie fast zum Opfer gefallen wäre. „Was ... was war das?", krächzte sie.

„Ein Springer", erklärte Val'ar. „Jedenfalls haben wir sie so genannt. Die Wüste ist nicht ganz so unbewohnt wie es scheint. Es gibt eine ganze Reihe von Tieren hier, doch die meisten sind viel kleiner und harmlos. Die Springer sind die Einzigen, die wirklich gefährlich werden können. Sie sind äußerst genügsam, vegetieren in einer Art Dämmerschlaf in ihren Höhlen dahin, doch sobald sich ein anderes Tier ihnen nähert, verwandeln sie sich in tödliche Bestien."

„Ich ... ich wäre ihm um ein Haar in die Falle gegangen", sagte Sam vorwurfsvoll. „Du hättest mich vor diesen Biestern warnen müssen."

„Habe ich doch", entgegnete Val'ar ungerührt. „Allmählich wird es zu einer schlechten Angewohnheit, dir das Leben zu retten."

„Gibt es sonst noch irgendwelche Überraschungen, vor denen ich mich in Acht nehmen muss?", erkundigte sich

Sam. „Vielleicht wäre es besser, wenn du mich jetzt schon davor warnst und nicht erst, wenn ich fast in die Falle getappt bin."

„Hier draußen nicht", behauptete Val'ar. „Erst wieder in den Bergen. Da es dort Höhlen mit Wasser gibt, leben dort auch wesentlich gefährlichere Raubtiere. Aber die wirst du schon erkennen, wenn wir ihnen begegnen sollten."

Carter registrierte sehr wohl die eigentlich Bedeutung, die unausgesprochen hinter diesen Worten steckte. Es war nicht nur der Versuch eines müden Scherzes; in Wahrheit hielt Val'ar es nicht für nötig, mit ihr über die in den Bergen lauernden Gefahren zu sprechen, weil sie davon überzeugt war, dass sie sie ohnehin nicht erreichen würden. Sam zog es vor, erst gar nicht darauf einzugehen.

„Gehen wir weiter", sagte sie matt.

In respektvollem Abstand wichen sie dem Trichter im Boden aus. Auch weiterhin hielt Sam aufmerksam Ausschau nach allem, was auch nur entfernt an einen solchen Krater erinnerte, doch sie entdeckte keinen weiteren mehr. Es mochte Leben hier in der Wüste geben, aber es war äußerst rar.

Das Erlebnis mit dem Springer hatte sie kurzfristig aus ihrer Lethargie gerissen und das in ihrem Körper freigesetzte Adrenalin weckte noch einmal Kräfte, von denen sie gar nicht gewusst hatte, dass sie sie besaß, aber die Wirkung hielt nicht lange vor. Schon nach kurzer Zeit schleppte sie sich wieder ebenso matt dahin wie zuvor, setzte müde einen Fuß vor den anderen.

Nach nicht einmal einer Stunde mussten sie bereits eine weitere Rast einlegen. Auch diesmal ließ sich Sam wieder einfach in den Sand fallen und blieb minutenlang reglos liegen. Eine abgrundtiefe Leere schien sich in ihr aufzutun. Sie spürte die fast unwiderstehliche Verlockung, die Augen zu schließen und sich der Dunkelheit hinzugeben, nur noch hier zu liegen und auf das Ende zu warten, aber sie kämpfte mit aller ihr verbliebenen Kraft dagegen an und blieb – zumindest dieses Mal noch – Sieger.

Ihre Beine waren fast gefühllos und als sie nach ihnen griff, um sie erneut zu massieren, waren ihre Muskeln so verkrampft und geschwollen, als ob ihre Waden aus Holz bestünden. Bei der nächsten Rast, das wusste sie, würde sie erst gar nicht mehr in die Höhe kommen.

Sie warf einen Blick zu dem Gebirge hinüber. Es schien während der vergangenen Stunden nicht einmal erkennbar näher gekommen zu sein, schien im gleichen Maße vor ihnen zurückzuweichen, in dem sie darauf zugingen.

Verzweiflung drohte sie zu überwältigen. Zeit ihres Lebens hatte sie sich in einer Männerwelt behaupten müssen und um darin zu bestehen, hatte sie sich härter geben müssen, als sie eigentlich war. Jetzt jedoch hätte sie am liebsten geweint, aber selbst wenn sie diesem Verlangen nachgegeben hätte, ihr Körper war bereits viel zu sehr dehydriert, um Tränen zu produzieren.

Ihre Haut war heiß und fühlte sich rau und rissig an. Sam leckte sich über die Lippen, die schon längst wie reife Kirschen aufgeplatzt waren, doch sie hatte zu wenig Speichel im Mund, um sie auch nur zu benetzen.

An einer Wahl zur Schönheitskönigin werde ich wohl vorläufig nicht mehr teilnehmen können, dachte sie mit fast absurder Heiterkeit. Auch ihr Geist begann sich allmählich zu verwirren und Gedanken wie dieser waren bereits erste Vorboten des sich abzeichnenden Deliriums.

„Wonach suchst du?“, fragte sie, als sie bemerkte, dass Val'ar angestrengt in die Richtung starrte, aus der sie gekommen waren. Ihre Stimme war kaum mehr als ein Krächzen und klang selbst in ihren eigenen Ohren fremd.

„Nach Gleitern oder sonst irgendwelchen Fahrzeugen“, antwortete die Jaffa. Auch ihre Stimme klang verzerrt. „Ich verstehe das nicht. Tak'kor müsste längst überall nach uns suchen.“

„Vielleicht glaubt er, wir wären bereits tot. Viel fehlt ja nicht mehr dazu.“

„Auch dann würde er nicht eher aufhören, bis er unsere Leichen hätte, um ganz sicher zu gehen. Er ist niemand, der sich mit Spekulationen zufrieden gibt. Wir hätten zumindest irgendwo in der Ferne schon längst einen Gleiter sehen müssen.“

Sam hatte nicht vergessen, dass Val'ar kurz vor ihrem Absturz die Reparaturplattform hatte wenden und zur Station zurückfliegen wollen. Sollte tatsächlich irgendwo in ihrer Nähe ein Todesgleiter auftauchen, würde sie mit Sicherheit versuchen, ihn auf sich aufmerksam zu machen. Sie ging davon aus, dass ihr Leben ohnehin verwirkt war, aber wenn sich irgendeine Gelegenheit dazu bot, wollte sie zumindest die in ihrem Körper nistende Goa'uld-Larve retten.

Insofern war Sam sehr froh, dass von irgendwelchen Verfolgern nichts zu entdecken war. Es mochte ihre einzige Überlebenschance sein, aber der Preis für eine solche Rettung wäre ihr zu hoch. Auf keinen Fall würde sie sich lebend ergeben, um anschließend zum Wirt für einen Goa'uld zu werden. Erst jetzt wurde ihr bewusst, dass das der Hauptgrund dafür war, dass sie die Strahlenlanze noch immer mit sich herumschleppte. Eher würde sie sich selbst töten, als noch einmal in Tak'kors Gefangenschaft zu geraten.

Sie brauchte mehrere Anläufe, um wieder auf die Füße zu kommen. Zuvor hatte sie ihre Beine kaum noch gespürt, aber nach der Rast reagierten diese mit heftigen Schmerzen auf die neuerliche Belastung.

Mühsam schleppte sie sich voran und wie im Zeitlupentempo legten sie ein, zwei weitere Meilen zurück. Längst schon benutzte Carter ihre Strahlenlanze als einen Stock, an dem sie sich festhielt, wenn ihre Beine ihr den Dienst zu versagen drohten.

Sie verlor jedes Gefühl für die Zeit, hatte den Eindruck, dass sie sich schon seit Jahren so durch die Wüste quälten. Das lange Warten in der Grube, der Flug durch den Sandsturm und natürlich erst recht alles, was vorher passiert war, kamen ihr nur noch wie ein ferner Traum vor, als hätte sie es gar nicht selbst erlebt.

Als sie ihren Blick ein wenig nach rechts wandern ließ, entdeckte sie die Bäume.

Sam blinzelte ein paar Mal, weil sie nicht glauben konnte, was sie sah, aber das Bild blieb. Es handelte sich unzweifelhaft um langstielige Bäume mit einer Blätterkrone, die ein wenig an irdische Palmen erinnerten. Zuvor waren sie durch einen Hügel verdeckt gewesen und wahrscheinlich hätte Sam sie überhaupt nicht gesehen, wenn sie nicht zufällig den Kopf zur Seite gedreht hätte.

Sie stieß einen krächzenden Schrei aus, ließ ihre Strahlenlanze fallen und hastete auf die Oase zu. Hinter sich hörte sie Val'ar etwas rufen, doch sie verstand die Worte nicht. Es war ihr auch egal. All ihre Gedanken weilten nur bei dem rettenden Wasser, das sich dort vorne, nicht einmal weit von ihr entfernt, befand.

Zwischen den Bäumen wuchsen farnartige Büsche und sie meinte, bereits Wasser plätschern zu hören. Die Aussicht darauf verlieh ihr noch einmal neue Kräfte. Sie rannte, so schnell sie konnte.

Auch als sie die vordersten Büsche erreichte, hielt Sam nicht an, sondern hastete weiter, bis sie ans Ufer eines mehrere Meter durchmessenden Tümpels gelangte, dessen Oberfläche im Mondlicht silbern wie des Energiefeld eines SternenTors glitzerte.

Es war der schönste Anblick, den sie je in ihrem Leben gesehen hatte. Ein paar Sekunden lang nahm Sam ihn andächtig in sich auf, dann wurde ihre Begierde übermächtig. Mit weit ausgebreiteten Armen ließ sie sich kurzerhand nach vorne fallen, direkt in das Wasser hinein.

Im gleichen Moment verschwand der Tümpel und mit ihm auch die Bäume und Büsche, die gesamte Oase.

Noch während sie in den staubtrockenen Sand stürzte, begriff Sam Carter, dass es nichts davon jemals gegeben hatte, dass die Oase nur eine Halluzination war, die ihr fiebernder Verstand ihr vorgegaukelt hatte. Die Enttäuschung traf sie wie ein Messerstich ins Herz, raubte ihr nicht nur sämtliche verbliebene Kraft, sondern auch allen Willen, sich gegen das Schicksal aufzulehnen.

Val'ar holte sie ein, kniete neben ihr nieder und redete auf sie ein, doch Sam achtete nicht darauf. Sie wehrte sich nicht länger gegen die trostverheißende Dunkelheit, die ihren Verstand umfing. Das Letzte, was sie hörte, bevor sie das Bewusstsein verlor, waren weitere Stimmen, die plötzlich um sie herum aufklangen.

IM ZENTRUM DER HÖLLE

1

Der Berg brannte.

Ursprünglich musste das Felsmassiv gut fünfzig Meter hoch gewesen sein, doch Bastets Bomben hatten die gesamte obere Hälfte in glutflüssige Lava verwandelt, die an den Seiten herabrann und allmählich wieder erstarrte. Rauch und die vor Hitze wabernde Luft, die alle Perspektiven verzerrte, als ob man durch eine falsch geschliffene Linse blickte, verhinderten, dass O'Neill das vollständige Ausmaß der Vernichtung erkennen konnte. Aber was er sah, genügte, um ihm einen kalten Schauer über den Rücken zu jagen.

Die Explosionen waren gewaltig gewesen. Er wagte gar nicht daran zu denken, was passiert wäre, wenn auch nur eine einzige Bombe ihr Ziel verfehlt hätte und etwas mehr in ihre Richtung eingeschlagen wäre. Vermutlich wäre jetzt von ihnen keiner mehr am Leben. Trotzdem gab er sich keinen falschen Hoffnungen hin. Der schwerste und gefährlichste Teil ihrer Aufgabe lag noch vor ihnen. Der überraschende Angriff mochte einige Opfer gekostet haben, aber der größte Teil des Stützpunktes lag mit Sicherheit unterirdisch und dort dürften Anubis' Krieger das Bombardement weitgehend unbeschadet überstanden haben. Mit seinen Geschützen hatte Sha'tar das Haupttor am Fuße des Felsmassivs in Fetzen geschossen. Ein Teil der Trümmerstücke glühte noch, aber obwohl dort geradezu mörderische Temperaturen herrschen mussten, hatten sich eine Reihe von Jaffa dahinter verschanzt. Ein heftiges Abwehrfeuer aus Strahlenlanzen schlug den Angreifern entgegen und forderte zahlreiche Todesopfer. Die meisten Schüsse waren ungezielt und trafen eher zufällig, weil es auf dem freien Platz vor dem Tor so gut wie keine Deckung gab. Trotzdem stürmten Sha'tars Krieger weiter vor, näherten sich dem Tor jetzt allerdings in einer Zangenbewegung von den Seiten her, auch wenn sie dafür einen größeren Umweg machen mussten. Es dauerte nicht lange, bis die Ersten von ihnen in den toten Winkel seitlich des Tores gelangten und sich von dort aus dem Eingang näherten. Sie trafen auf erbitterten, aber mittlerweile auch bereits schon verzweifelten Widerstand. Aus der Entfernung konnte O'Neill keine Einzelheiten erkennen, aber immer wieder blitzten Strahlschüsse auf, und obwohl ein Großteil von Sha'tars Armee das Tor mittlerweile erreicht hatte, dauerte der Kampf dort noch mehrere Minuten.

„Wäre eine günstige Gelegenheit, um abzuhauen", raunte Daniel ihm zu. Auch Jack hatte schon daran gedacht. Im Grunde genommen hatte dieser Kampf nichts mit ihnen zu tun. Er hatte nicht die geringste Lust, ihr Leben für Bastets Intrigen aufs Spiel zu setzen. Die jetzt einsetzende Entscheidungsschlacht im Inneren des Stützpunkte mochte noch Stunden dauern und sicherlich würde er zahlreiche Opfer kosten – dabei war es absolut unnötig, dass ein Mitglied ihres kleines Erkundungstrupps zu Schaden kam.

Rasch blickte er sich um. In ihrer Nähe befanden sich nur noch wenige Jaffa, und er zweifelte nicht daran, dass sie sie mit einem Überraschungsangriff überrumpeln und ausschalten konnten.

Dennoch schüttelte er nach kurzem Zögern den Kopf.

„Wir würden es nicht bis zum SternenTor schaffen", sagte er.

„Warum nicht? Sha'tars Truppe wird alle Hände voll zu tun haben, den Stützpunkt einzunehmen. Die Chance sollten wir nutzen“, drängte Daniel. „Die paar Krieger, die am SternenTor Wache schieben, können wir sicherlich überraschen.“ Genau das war O'Neill auch schon durch den Kopf geschossen.

„Aber was wird dann mit Carter?“, fragte er leise. „Wenn wir davon ausgehen, dass Sam in Anubis' Gefangenschaft geraten ist, ist das vielleicht unsere einzige Chance, sie zu befreien.“ Er seufzte. „Genau wie du traue ich Bastet keinen Fußbreit weit über den Weg und ich möchte Sam so wenig in ihrer wie in Anubis' Gefangenschaft sehen. Wenn wir jetzt fliehen, lassen wir auch sie im Stich.“

„Und genau darauf spekuliert Sha'tar und denkt, dass er uns damit in der Hand hat“, entgegnete Daniel bitter. „Bastet hat es deutlich genug gesagt. Dabei wissen wir noch nicht einmal, ob sie überhaupt noch lebt oder vielleicht schon längst mit einem Goa'uld-Parasiten infiziert wurde.“

„Willst du es darauf ankommen lassen?“

Daniel antwortete nicht.

Jack blickte ihn ein paar Sekunden lang scharf an, ehe er fortfuhr: „Ich denke, wir sind uns einig, dass Bastet keinen Handschlag für uns tun würde, wenn sie selbst keinen Vorteil davon hätte. Aber das ist noch nicht alles: Bei der Verfolgung ihres Plans hat sie gezeigt, dass sie weitaus raffinierter als alle anderen Könige oder Systemlords der Goa'uld vorgeht. Sie hat uns nicht offen zur Teilnahme an diesen Feldzug gepresst und uns auch sonst nicht direkt bedroht, sondern verlässt sich vollständig darauf, dass wir sowieso alles für Sams Befreiung tun werden.“

„Es ist Bastets Stärke, schnell die Schwächen ihrer Feinde herauszufinden und sich zunutze zu machen“, ergriff Teal'c das Wort.

„Und solange, bis wir wissen, was mit Captain Carter passiert ist, werden wir auf ihr Spiel eingehen“, bestimmte O'Neill. „Wenn es uns gelingt, sie zu befreien, sieht die Lage anders aus. Bis dahin werden wir tun, was man von uns erwartet. Wir müssen uns dabei ja nicht gerade vor Eifer überschlagen.“ Er stand auf und ging mit schussbereiter Waffe auf das Eingangstor zum Stützpunkt zu.

2

Das Geräusch einer aufgleitenden Tür warnte O'Neill und ließ ihn herumfahren. Er riss sein Gewehr hoch und feuerte eine Salve auf die Jaffa ab, die aus der Öffnung hervorquollen, während er sich gleichzeitig zur Seite warf. Aber er war nicht schnell genug. Noch während er fiel, zuckte ein greller Energieblitz auf ihn zu, und ein mörderischer Schlag traf seine linke Schulter.

Er war unfähig, sich zu bewegen, konnte nicht einmal schreien. Grelle Schmerzen rasten durch seinen Körper und lähmten ihn. Eine große schwarze Hand schien nach seinen Gedanken zu greifen, um sie auszulöschen, aber er kämpfte mit aller Kraft gegen die Ohnmacht an.

Um ihn herum dauerten die Kampfgeräusche an. Irgendjemand brüllte seinen Namen, aber alles schien wie aus weiter Ferne an seine Ohren zu dringen. Vermutlich verlor er doch für ein paar Sekunden das Bewusstsein, denn als Nächstes erinnerte sich Jack daran, dass sich die Kampfgeräusche ein Stück entfernt hatten. Noch immer schmerzte seine Schulter höllisch, aber er konnte sich wieder bewegen. Mühsam richtete er sich an der Wand in eine sitzende Haltung auf. Um ihn herum lagen mehrere tote Jaffa, und auch ein paar Schritte den Korridor entlang, dort, wo Anubis' Krieger in den Korridor gelangt waren, lagen zwei Tote. Offenbar hatten sich Sha'tar und seine Begleiter, darunter auch Daniel und Teal'c, zurückziehen müssen.

Obwohl selbst diese Bewegung ihm Schmerzen bereitete, wandte O'Neill den Kopf so weit, dass er seine verletzte Schulter begutachten konnte. Ein Teil seiner Uniform und auch das Fleisch darunter waren verbrannt, aber er hatte gleich in mehrfacher Hinsicht Glück gehabt. Der Energieblitz hatte seine Schulter offenbar nur gestreift, und trotz der schrecklichen Schmerzen war die Wunde nicht so schlimm, wie sie aussah und sich anfühlte. Sie blutete nicht einmal stark. Die Hitze, die seine Haut verbrannt hatte, hatte auch die Adern verschlossen.

Eine Zeit lang tat er nichts anders, als nur keuchend ein- und auszuatmen und darauf zu warten, dass der Schmerz nachließ, dann bewegte er vorsichtig den linken Arm. Es ging, wenn auch nur schwerfällig, und er hatte das Gefühl, ein rostiger Nagel würde in seine Schulter getrieben. Nur mit Mühe unterdrückte er einen Schrei.

Dass die Schmerzen ihn gelähmt und ihm kurzfristig das Bewusstsein geraubt hatten, war vermutlich seine Rettung gewesen. Anubis' Krieger hatten ihn wohl für tot gehalten und keine Zeit darauf verschwendet, ihn genauer zu untersuchen, sonst hätten sie mit Sicherheit nachgeholt, was der erste Strahlenschuss nicht geschafft hatte.

Mehr als eine Stunde war bereits vergangen, seit sie in den Stützpunkt eingedrungen waren. Schon bald hatte

O'Neill erkennen müssen, dass Anubis' Jaffa Sha'tars Kriegern zahlenmäßig überlegen waren. Doch im Inneren der Station mit ihren engen Gängen und Korridoren konnten sie diese Überlegenheit nicht richtig ausspielen und Sha'tar hatte ihnen auch gar keine Gelegenheit dazu geboten. Statt seine Armee zusammenzuhalten und sie so zu einem leicht angreifbaren Ziel zu machen, hatte er seine Krieger in kleinen Gruppen über die gesamte Station ausschwärmen lassen.

Es gab keine große Schlacht, kein einmaliges entscheidendes Kräftemessen, sondern unzählige kleine Scharmützel. Sha'tars Leute drangen wie Guerillatrupps in das feindliche Gebiet vor und die Verteidiger bekämpften sie mit der gleichen Partisanentaktik.

Sha'tar hatte Jack und seinen Begleitern befohlen, in seiner Nähe zu bleiben, in erster Linie wohl, um sie unter Kontrolle zu haben, doch Jack hatte nichts dagegen. Ihr Trupp hatte aus mehr als zwanzig Jaffa bestanden und war damit der Größte gewesen, was ihnen eine gewisse Sicherheit bot.

Zumindest hatte er das bis zu seinem Treffer geglaubt. Immerhin war sein ursprüngliches Vorhaben, sich aus den Kampfhandlungen so weit wie möglich herauszuhalten, vorerst aufgegangen. Obwohl sie mehrfach von feindlichen Kriegern angegriffen worden waren, hatte er bis vor wenigen Minuten nicht einen einzigen Schuss abgeben müssen.

Jetzt aber sah plötzlich alles ganz anders aus.

Die Gruppe, die sie angegriffen hatte, musste zahlenmäßig recht groß gewesen sein, da es ihr überraschend schnell gelungen war, Sha'tar und seine Begleiter zurückzutreiben. Das eigentlich Schlimme für ihn aber war, dass es ihnen gelungen war, ihn von den anderen zu trennen. Allein und verletzt hatte er keine Chance, eine Schießerei erfolgreich zu überstehen, wenn er auf einen kampfbereiten Jaffa-Trupp stieß.

Er zog ein Päckchen mit Verbandmull aus einer Tasche seiner Uniform, riss die Kunststoffhülle mit den Zähnen auf und legte sich, so gut es mit einer Hand ging, einen Verband an. Anschließend gönnte er sich erneut eine gute Minute lang den Luxus, nur dazusitzen und auf ein Nachlasen des Schmerzes zu warten.

Zu seiner Ausrüstung gehörten auch extrem starke Schmerztabletten, speziell für Situationen wie diese entwickelt. Trotzdem zögerte Jack, eine davon zu nehmen. Die Tabletten würden auch sein Denkvermögen und vor allem seine Reaktionsschnelligkeit beeinträchtigen. Aber auch die Schmerzen würden ihn behindern und waren außerdem wesentlich unangenehmer, weshalb er schließlich dann doch eine der Kapseln schluckte.

Jack griff nach seinem Gewehr und hängte es sich um, dann quälte er sich an die Wand gestützt auf die Beine. Er befand sich schon minutenlang am gleichen Fleck und es war fast ein Wunder, dass noch keine feindlichen Jaffa aufgetaucht waren. Er musste so schnell wie möglich ein Versteck finden oder zu einer Gruppe von Sha'tars Kriegern stoßen.

Mühsam taumelte er auf einen Seitengang zu. Sein Gleichgewichtssinn war gestört, und er konnte sich nur mühsam bewegen, vermutlich eine Folge der Schmerzen und des Schocks, den sein Organismus erlitten hatte. Während der ersten Schritte wäre er mehrfach fast gestürzt, doch mit jedem Meter, den er zurücklegte, ging es besser.

Immer noch waren Strahlenschüsse zu hören, aber nur gedämpft und aus der Ferne. In seiner direkten Nähe wurde nicht gekämpft, was seine Hoffnung stärkte, auch keinen feindlichen Jaffa zu begegnen.

Die ersten zwei Türen, an denen er vorbeikam, ließen sich nicht öffnen, egal auf welche Symbole er drückte, erst bei der Dritten hatte er Erfolg. Mehrere etwa halbmannshohe Steinquader ragten in dem dahinter liegenden Raum aus dem Boden, ohne dass zu erkennen war, welchem Zweck sie dienten. Es war Jack auch egal. Für ihn zählte nur, dass sich niemand in dem Raum aufhielt. Er schloss die Tür von innen wieder, ging bis zur hintersten Ecke des Raumes und ließ sich hinter einem der Quader zu Boden sinken. Keuchend lehnte er sich mit dem Rücken gegen die Wand. Sollten Sha'tar und seine Männer ihren Krieg alleine weiterführen. Helfen konnte er ihnen nicht mehr, sondern nur hoffen, dass sie Erfolg hatten. Anderenfalls wäre auch er verloren. Das Schmerzmittel begann allmählich zu wirken. Die Schmerzen sanken auf ein halbwegs erträgliches Maß herab, und eine angenehme Benommenheit machte sich in seinem Kopf breit. O'Neill schloss die Augen.

3

Das Geräusch der aufgleitenden Tür weckte Jack. Erschrocken zuckte er zusammen und begriff erst in diesem Moment, dass er eingeschlafen war.

Ein Befehl in der Sprache der Jaffa ertönte, dann hörte er schwere Schritte. Jemand hatte den Raum betreten.

Langsam und äußerst vorsichtig, um kein verräterisches Geräusch zu verursachen, ließ er sein Gewehr von der

Schulter gleiten, packte es mit beiden Händen und legte den kleinen Sicherungshebel um.

Dann beugte er sich ebenso vorsichtig vor und spähte um die Ecke des Quaders, hinter dem er Deckung gefunden hatte.

Nur wenige Schritte von ihm entfernt befanden sich zwei Jaffa mit Schakalhelmen, weitere standen vor der Tür auf dem Gang. Theoretisch konnten sich auch Sha'tars Männer dahinter verbergen, doch gerade um sich nicht unter Umständen selbst gegenseitig zu bekämpfen, hatten diese nach dem Eindringen in den Stützpunkt den Befehl erhalten, ihre Helme zu öffnen. Insofern handelte es sich hier um mit an Sicherheit grenzender Wahrscheinlichkeit um Anubis' Krieger.

Die beiden Jaffa hatten offenbar den Auftrag, den Raum zu durchsuchen. Sie hatten bereits hinter mehreren der Quader nachgesehen und näherten sich nun seinem Versteck.

Jacks Hände krampften sich fester um das Gewehr. In wenigen Sekunden mussten ihn die Jaffa entdecken. Doch bevor es dazu kam, ertönte von der Tür her erneut ein Befehl. Die beiden drehten sich um und gingen wieder auf den Ausgang zu. Anscheinend war ihr Befehlshaber zu dem Schluss gekommen, dass sie hier nur ihre Zeit verschwendeten. Jack atmete erleichtert auf und ließ das Gewehr sinken. Fast unmerklich schabte der Kolben an dem Steinquader entlang, aber so leise das Geräusch auch gewesen war, die Jaffa hatten es gehört. Ein aufgeregter Ruf ertönte und gleich darauf explodierte ein Strahlenschuss ein Stück über Jack in der Wand. Ein heißer Funkenregen ergoss sich über ihn.

Blitzschnell beugte er sich zur Seite, visierte einen der Jaffa an, der sich gerade ebenfalls hinter einen der Steinquader ducken wollte, und betätigte den Abzug. Die Salve traf den Jaffa an der Brust und schleuderte ihn zurück. O'Neill konnte nicht mehr sehen, ob er den Krieger getötet oder nur verletzt hatte, denn er wich hastig wieder in seine Deckung zurück. Nur wenige Handbreit von der Stelle entfernt, an der er sich gerade noch befunden hatte, zischte ein Strahlenblitz an dem Quader vorbei, traf aber nur die Wand. Trotzdem raubte die Hitze ihm für einen Moment den Atem und fachte den Schmerz in seiner Schulter neu an.

Jack streckte den Arm mit dem Gewehr aus und gab einen kurzen Feuerstoß in Richtung Tür ab, nicht weil er damit rechnete, tatsächlich etwas zu treffen, sondern nur um die Jaffa auf Distanz zu halten und ein paar Sekunden Luft zu gewinnen. Er konnte im Augenblick sowieso nichts weiter tun, als auf Zeit zu spielen. Zwar wusste er nicht, mit wie vielen Gegnern er es zu tun hatte, aber selbst wenn es sich nur um vier oder fünf handelte, war es mehr als unwahrscheinlich, dass er sie alle töten konnte – und da es keinen zweiten Ausgang aus dem Raum gab, war er hier gefangen.

Wieder beugte sich O'Neill vor und spähte um eine Kante des Quaders, diesmal auf der anderen Seite. Die Tür war von hier aus nicht zu sehen, auch nicht der zweite Jaffa, der sich im Raum aufhielt. Möglicherweise war das genau der Vorteil, auf den er gewartet hatte.

Von hier bis zu einem anderen Quader, der ein Stück weiter nach vorne versetzt stand, waren es nur knapp drei Meter. Noch einmal gab Jack ein paar Schüsse ab, um die Jaffa in Deckung zu zwingen, dann kroch er dicht an den Boden gepresst so leise wie möglich los. Seine Schulter protestierte mit heftigem Schmerz gegen die Belastung, den auch die Tablette nicht völlig unterdrücken konnte, aber er biss die Zähne zusammen und kroch weiter, bis er den anderen Quader erreicht hatte.

Ein weiterer Strahlenblitz zuckte auf und schlug in der Nähe seines alten Verstecks ein. Er wertete es als ein Zeichen, dass die Jaffa nichts von seinem Stellungswechsel bemerkt hatten.

Regungslos wartete er, das Gewehr schussbereit im Arm. Zweimal noch zuckten Strahlenblitze auf und schlugen in die Wand hinter seinem ursprünglichen Standort, doch er reagierte nicht darauf.

Jack musste sich nicht lange gedulden, bis er wenige Meter entfernt einen der Jaffa sah, der geduckt hinter einem Quader hervorgeschlichen kam, um sich seinem vorherigen Versteck zu nähern. Erst als sich der Jaffa mit ihm auf gleicher Höhe befand, entdeckte er ihn, aber da war es bereits zu spät für ihn.

O'Neill erschoss ihn. Die Schüsse ließen den Jaffa ein paar Sekunden lang wie bei einem irren Breakdance taumeln, dann stürzte er zu Boden und blieb reglos liegen. Das Leuchten der Kristallaugen in seinem Helm erlosch.

Nur wenige Sekunden später fauchten erneut Strahlenschüsse, ohne jedoch irgendwo in seiner Umgebung einzuschlagen. Es dauerte einen Moment, bis O'Neill begriff, dass sie gar nicht ihm galten. An der Tür wurde gekämpft. Er schöpfte wieder neue Hoffnung.

Es dauerte fast eine ganze quälend lange Minute, bis die Strahlenschüsse aufhörten, dann hörte er schwere Schritte, die sich der Tür näherten.

„O'Neill, bist du das?", vernahm er gleich darauf die Stimme Sha'tars.

Grenzenlose Erleichterung überfiel ihn.

DIE REBELLEN

1

Schmerz.

Das war das Erste, was Samantha Carter verspürte, als sie wieder aufwachte. Es schien keinen Nerv in ihrem Körper zu geben, der *nicht* wehtat. Sie wollte schreien, aber sie besaß keine Kontrolle über ihre Stimmbänder.

Gleich darauf wunderte sie sich, dass sie überhaupt noch am Leben war. Sie hatte fast verdurstet und völlig erschöpft in der Wüste gelegen, und nachdem sich die Oase als Halluzination herausgestellt hatte, war auch der letzte Funke ihres Überlebenswillens erloschen, der sie bis dahin vorangetrieben hatte.

Aber vielleicht lebte sie ja auch gar nicht mehr, und was sie peinigte, war in Wahrheit das ewige Fegefeuer. Sie verdrängte den albernen Gedanken und versuchte, ihre Augen zu öffnen. Es gelang ihr nicht.

Über den Schmerz hinweg nahm sie plötzlich eine weitere Empfindung wahr. Etwas Spitzes bohrte sich in ihren rechten Arm. Flüssiges Feuer schien von dieser Stelle aus durch ihre Adern zu rinnen, breitete sich über ihren Arm, ihre Schulter und schließlich über ihren gesamten Körper aus.

„Ich weiß, es ist schlimm, aber es wird gleich besser werden", hörte sie eine Stimme aus der Dunkelheit um sich herum. Eine weitere Erinnerung blitzte in ihr auf. Kurz bevor sie das Bewusstsein verloren hatte, hatte sie Stimmen gehört, aber sie war sich nicht sicher gewesen, ob diese nur Einbildung gewesen waren, Vorboten ihrer Ohnmacht.

Nahezu schlagartig erlosch das Brennen in ihrem Körper und mit ihm auch die Schmerzen. Nur eine beinahe angenehme Taubheit blieb zurück.

Erneut versuchte sie die Augen zu öffnen, und diesmal gelang es ihr, wenn auch nur mit größter Mühe, da ihre Lider mit halb getrockneter Augenflüssigkeit und Sand verklebt waren. Sie blinzelte ein paar Mal und aus den vagen Umrissen um sie herum schälte sich das Gesicht eines ihr unbekannten Jaffa. Weitere Jaffa hielten sich im Hintergrund auf.

Sie öffnete den Mund, um etwas zu sagen, brachte aber nur einen krächzenden Laut hervor.

Jemand stützte ihren Rücken und half ihr, ihren Oberkörper etwas aufzurichten, dann hielt eine Hand ihr eine Schale mit einer darin enthaltenen Flüssigkeit an die Lippen. Gierig trank Sam. Die Flüssigkeit schmeckte bitter wie Galle. Sie hustete und spuckte einen Teil des Tranks direkt wieder aus, aber im gleichen Moment spürte sie auch schon seine wohl tuende Wirkung. Ihr Speichelfluss war angeregt worden, und ihre Zunge fühlte sich nicht länger wie ein trockenes Stück Leder an.

„Wo ... wo bin ich?“, presste sie mühsam hervor.

„In Sicherheit“, antwortete der Jaffa, der sich über sie gebeugt hatte. Er hatte ein breitflächiges aber sympathisch wirkendes Gesicht mit sanft blickenden Augen. „Wir konnten dich im letzten Moment retten. Hätten wir dich eine halbe Stunde später gefunden, hätten auch wir nichts mehr für dich tun können.“

Er hielt ihr erneut eine Schale an die Lippen, in der sich diesmal klares Wasser befand. Trotz aller Gier zwang sich Sam, in kleinen, langsamen Schlucken zu trinken.

Anschließend ließ der Jaffa sie wieder zurücksinken.

„Du musst dich noch ausruhen“, sagte er. „Wenn du wieder...“

Seine weiteren Worte hörte Sam bereits nicht mehr. Sie war erneut eingeschlafen.

2

Ihr zweites Aufwachen war völlig anders als das Erste. Sie wusste nicht, wie lange sie geschlafen hatte, aber sie fühlte sich wesentlich besser als zuvor und verspürte auch keinerlei Schmerzen mehr.

Mit einem Ruck fuhr sie von der Liege hoch, auf der man sie gebettet hatte, und blickte sich um. Sie befand sich in einem nur mäßig beleuchteten und kleineren Raum als dem, in dem sie zuerst aufgewacht war. Der gleiche Jaffa wie zuvor stand neben ihr, doch diesmal war er der Einzige.

„Wie fühlst du dich?“, fragte er.

„Es... geht“, antwortete Sam zögernd. „Den Umständen entsprechend ganz gut, denke ich.“

„Wir haben dir einige stärkende Medikamente gegeben, aber du darfst deine Kräfte nicht überschätzen. Dein Körper ist noch sehr schwach. Mit einem heilenden Sarkophag hätten wir dir besser helfen können, aber darüber verfügen wir leider nicht.“ Er lächelte. „Ich heiße To'lok.“

„Captain Samantha Carter“, stellte Sam sich vor. „Aber Sam reicht. Ihr... seid die Rebellen, nicht wahr?“

„Und wenn es so wäre?“

„Wir waren auf der Suche nach euch. Was ist mit Val'ar. Wo ist sie?“

„Die Jaffa, die mit dir zusammen war?“

Sam nickte.

„Ihr ist nichts passiert. Du wirst sie bald wieder sehen, sobald du uns ein paar Fragen beantwortet hast“, erklärte To'lok ausweichend. „Glaubst du, dass du schon aufstehen kannst?“

Carter schwang die Füße von der Liege. Im ersten Moment wurde ihr ein bisschen schwindelig, und als sie ganz aufstand, fühlte sie sich noch ziemlich wackelig auf den Beinen und musste sich an der Liege abstützen. Vorsichtig machte sie einige kleine Schritte und merkte, wie ihre Kräfte allmählich zurückkehrten.

Auf der Erde hätte sie Tage, wenn nicht gar Wochen gebraucht, um sich zu erholen. Selbst wenn den Rebellen nicht die gesamte Goa'uld-Technologie zur Verfügung stand, übertraf ihre Medizin die Irdische doch bei weitem.

Besorgt beobachtete To'lok ihre Gehversuche, nickte dann aber zufrieden, als er erkannte, dass sie fast schon wieder normal gehen konnte.

„Komm“, fordert er sie auf. „Ich bringe dich zu Mo'kla. Er wird deine Fragen beantworten – und auch von dir einiges wissen wollen.“

Sam folgte ihm auf einen Korridor hinaus. Erst jetzt wurde ihr etwas bewusst, was sie vorher nur am Rande registriert, aber nicht richtig wahrgenommen hatte. Der Raum, in dem sie wach geworden war, sprach den Regeln der normalen Goa'uld- oder Jaffa-Architektur geradezu Hohn – und dies schien erst recht für den Rest des Stützpunktes zu gelten. Es fehlten die typischen hieroglyphenartigen Symbole an den Wänden; die gesamte Bauweise wirkte keineswegs archaisch, sondern eher modern und funktional, fast wie in einem irdischen Militärstützpunkt.

Als sie To'lok darauf ansprach, lächelte er und nickte.

„Du hast dich nicht getäuscht", erklärte er. „Es liegt daran, dass wir diese Station nicht gebaut haben. Es handelt sich um einen alten Bunker der ursprünglichen Bewohner dieser Welt."

„Der ursprünglichen Bewohner?"

„Anxion war nicht immer so, wie das, was du gesehen hast", erwiderte To'lok und seufzte. „Es war einst eine blühende, zivilisierte Welt, ehe die Goa'uld kamen und sie unterwarfen. Es ist kaum etwas über die ursprünglichen Bewohner Anxions bekannt. Wir wissen nur, dass sie uns ähnlich sahen, und dass sie sich verbissen gegen die Invasoren wehrten. Dabei setzten sie auch biologische und chemische Waffen ein, doch richteten diese sich letztlich gegen sie selbst. Sie gingen unter, und mit ihnen ein Großteil ihrer Welt. Auf einigen anderen Kontinenten gibt es noch üppiges Pflanzen- und Tierleben, aber hier, wo wegen des Sternen-Tors die schlimmsten Kämpfe tobten, ist fast alles tot."

Sam schwieg betroffen. Einige andere Jaffa begegneten ihnen, während sie die Korridore entlanggingen, und musterten sie neugierig.

„Auch die Goa'uld mussten sich damals zurückziehen und Anxion geriet in Vergessenheit", fuhr To'lok fort. „Auf der Suche nach einer Zuflucht gelangten wir vor einigen Jahren hierher. Wir entdeckten diese Station der Ureinwohner und nahmen sie wieder in Betrieb. Wir lernten ihre Technik verstehen und ergänzten unser eigenes Wissen auf diese Art, was zu einigen interessanten Neuentwicklungen führte. So, wir sind da."

Er blieb vor einer Tür stehen. Anders als bei den Goa'uld gab es auch hier keine Symbole, auf die man drücken musste, sondern eine Art Klinke. Die einstigen Bewohner dieses Planeten mussten den Menschen wirklich sehr ähnlich gewesen sein, dachte Sam.

Sie betrat einen weiteren Raum, in dem sich mehrere Personen aufhielten, darunter Val'ar und drei weitere Jaffa, doch das nahm Carter nur am Rande wahr. Wie gebannt starrte sie die achte Person an, einen Mann in mittlerem Alter mit dunklen Haaren und einem Gesicht das unscheinbar gewirkt hätte, wenn er ihren Blick nicht mit den goldenen leuchtenden Augen eines Goa'uld erwidert hätte.

Aber er war kein Goa'uld.

Mit einem Schlag begriff Sam, warum Anubis so ungeheuer viel daran lag, das Versteck der Rebellen zu finden. Es ging ihm nicht um die aufständischen Jaffa, oder zumindest nur am Rande. Sein Hauptinteresse galt allein dem Mann vor ihr.

Sie besaß ein gutes Gedächtnis für Gesichter und erinnerte sich sofort daran, dass und vor allem unter welchen Umständen sie ihm vor mehreren Monaten schon einmal begegnet war, sodass es nicht einmal seiner beige-braunen Kleidung bedurfte, ihn als das zu erkennen, was er war.

Er war ein Tok'ra.

3

„Wir waren sicher, du wärest tot", plapperte Daniel noch immer ganz aufgeregt drauflos, während zwei Jaffa O'Neills Wunde versorgten. Jack konnte nicht sehen, was genau sie taten, er wollte es auch gar nicht. Sie gingen nicht gerade sanft vor und ein paar Mal tat es so weh, dass er zischend die Luft einsog. Selbst Daniels Geplapper, dass er eine Weile schon nie mehr zu hören befürchtet hatte, stellte eine willkommene Ablenkung dar.

„Und deshalb habt ihr mich einfach so liegen lassen, ohne euch davon zu überzeugen?“, konnte er sich nicht verkneifen zu fragen.

„Anubis’ Jaffa waren uns überlegen“, antwortete Teal’c anstelle des Wissenschaftlers. „Sie drängten uns zurück.“

„Genau, uns blieb gar nichts anderes übrig“, ergänzte Daniel. „Sie trieben uns einfach vor sich her. Mehrere von Sha’tars Kriegern starben, ehe wir auf einen anderen Trupp stießen, und es uns gemeinsam schließlich gelang, sie zu besiegen. Der Kampf dauerte lange, und als wir endlich zu der Stelle zurückkehren konnten, wo wir dich zurückgelassen hatten, warst du verschwunden. Dann hörten wir Schüsse, und so fanden wir dich. Ich kann kaum glauben, dass du noch lebst.“

„Tja, so richtig glaube ich es selbst noch nicht.“ Erneut stöhnte er vor Schmerz. „Aber vielleicht holen diese beiden Metzger ja nach, was Anubis’ Leuten nicht gelungen ist“, fügte er mit einem Blick auf die beiden Jaffa hinzu. „Seid ihr endlich damit fertig, mich zu foltern?“

„Ich habe ja gleich gesagt, dass das größte Talent von euch Menschen im Jammern besteht“, sagte Sha’tar, der in diesem Moment zurückkehrte, aber er lächelte dabei.

Trotz der erbitterten Gegenwehr hatten er und seine Leute den Kampf schließlich für sich entschieden. Tak’kor, der Anführer von Anubis’ Kriegern, war in seine Gefangenschaft geraten und hatte die Jaffa, die noch immer Gegenwehr leisteten, aufgefordert, sich zu ergeben, nachdem Sha’tar ihm versprochen hatte, ihr Leben zu schonen. Anderenfalls würde er den gesamten Stützpunkt sprengen.

„Die letzten Verteidiger haben ihre Waffen niedergelegt“, erklärte er.

„Und was ist mit Captain Carter? Hast du mittlerweile herausgefunden, was mit ihr geschehen ist?“

„Sie befindet sich nicht mehr hier“, behauptete Sha’tar. „Zusammen mit einer Jaffa ist sie während des Sandsturms geflohen. Aber sie lebt und es geht ihr den Umständen entsprechend gut.“

„Woher willst du das wissen, wenn…“

„Ich habe meine Quellen“, fiel Sha’tar ihm ins Wort. „Komm mit, O’Neill. Was jetzt passiert, wird auch dich interessieren. Danach wirst du alles verstehen.“

Auf Jacks fragenden Blick hin nickte einer der beiden Jaffa, die seine Wunde versorgt hatten. O’Neill stand auf. Seine Schulter tat noch immer weh, aber längst nicht mehr so schlimm wie zuvor und er konnte sogar den linken Arm wieder einigermaßen bewegen.

Zusammen mit Daniel, Teal’c und den beiden Jaffa schloss er sich Sha’tar an. Sie brauchten nicht weit zu gehen, ehe sie in eine große Halle gelangten. O’Neill wusste nicht, welchem Zweck sie diente, aber sie war riesig genug, mehreren hundert Jaffa Platz zu bieten. Offenbar hatten sich nicht nur Sha’tars Leute alle hier versammelt, sondern sie hatten auch sämtliche Gefangenen in diesem Raum zusammengetrieben.

Sha’tar trat auf einen der gefangenen Jaffa zu.

„Tak’kor aus dem Hause Anubis“, richtete er mit lauter Stimme das Wort an ihn. „Du und deine Leute habt euch uns ergeben. Im Gegenzug habe ich euch die Freiheit versprochen, und ich werde mein Wort halten, denn ich will, dass ihr Anubis darüber berichtet, was sich hier zugetragen hat.“

Tak'kor erwiderte seinen Blick eisig. Obwohl er ein Gefangener war, drückte sein Gesicht Autorität und auch Hochmut aus. „Dieser Sieg wird euch nichts nutzen, Verräter!", stieß er hervor. „Niemand lehnt sich ungestraft gegen die Götter auf. Anubis werden euch bis ans Ende der Galaxis jagen, wenn es nötig sein sollte."

„Du nennst mich einen Verräter?" Sha'tar tat so, als müsste er einen Moment über die Bedeutung dieses Wortes nachdenken. „Du irrst dich. Zumindest bislang habe ich noch keinerlei Verrat begangen. Alles, was geschehen ist, geschah auf Befehl meiner Herrin Bastet."

Überraschtes Raunen klang in der Halle auf. Auch O'Neill war verblüfft über die Worte des Jaffa und begriff nicht recht, was das zu bedeuten hatte. Ziel der Aktion war es schließlich, die Schuld an dem Angriff ihnen und den Rebellen in die Schuhe zu schieben. „Bastet hat hinter dem Rücken der anderen Systemlords Kontakt mit den Aufständischen aufgenommen und sie sogar heimlich unterstützt", sprach Sha'tar weiter. „Dadurch wollte sie Anubis' Macht schwächen, aber ihr Doppelspiel ging noch weiter. Nach der Eroberung des Stützpunktes hätten wir bis auf einen oder zwei von euch, die Anubis Bericht erstatten können, alle töten sollen. Um zu demonstrieren, dass es sich wirklich um einen Angriff der Rebellen handelt, hat Bastet uns in falsche Uniformen gesteckt und bewusst die beiden Menschen und Teal'c, den abtrünnigen Jaffa, die in ihre Gefangenschaft geraten waren, mitgeschickt." Er machte eine kurze Pause. „Anschließend sah der Plan vor, dass wir Verbindung mit den Rebellen aufnehmen und auch sie töten. Niemand hätte gewusst, dass es die gleichen Krieger gewesen wären, die für beide Massaker verantwortlich waren. Anubis hätte einen schweren Schlag erlitten, während Bastet sich damit hätte brüsten können, seine Niederlage gerächt und außerdem an seiner Stelle die Rebellen hier auf Anxion besiegt zu haben."

„Begreifst du, was das soll?", raunte Daniel leise.

„Ich kann es mir fast denken", gab O'Neill ebenso leise zurück. „Wenn ich Recht habe, dann wird eine gewisse Katzengöttin in nächster Zeit ziemliche Schwierigkeiten bekommen." Er wandte den Blick wieder Tak'kor zu. Sein Selbstbewusstsein war sichtlich erschüttert, die Überheblichkeit in seinem Gesicht Verwirrung gewichen.

„Warum erzählst du das alles?", fragte er.

„Weil Bastet einen entscheidenden Fehler begangen hat", erklärte Sha'tar. „In ihrem Hochmut hat sie nicht bemerkt, dass nicht nur bei den anderen Systemlords immer mehr Unwillen hervorrief, sondern auch in ihrem eigenen Haus diejenigen vor den Kopf stieß, die nicht länger bereit waren, ihr perverses Spiel zu unterstützen. Nur haben wir nicht offen rebelliert, sondern auf eine Gelegenheit wie diese gewartet. Ich habe jeden meiner Begleiter bei diesem Einsatz persönlich ausgesucht. Jeder von ihnen denkt ebenso wie ich. Du hast mich einen Verräter genannt, Tak'kor, aber ich begehe meinen Verrat an Bastet und den Goa'uld erst jetzt, in diesem Augenblick." Er drehte sich um und gab seinen Kriegern ein Zeichen. „Sperrt sie ein!", befahl er. „Wenn wir Anxion verlassen haben und Anubis Verstärkung schickt, sollen sie ihm berichten, was wirklich geschehen ist."

4

„Du brauchst keine Angst zu haben", versicherte To'lok hastig, als er bemerkte, wie Carter erstarrte, doch offenkundig völlig falsche Schlüsse daraus zog. „Es ist nicht so, wie es aussieht. Mo'kla ist kein Goa'uld, sondern…"

„Ich weiß, was er ist", fiel Sam ihm ins Wort, ohne auch nur den Kopf in seine Richtung zu wenden. Unverwandt blickte sie weiter Mo'kla an. „Wir sind uns schon einmal begegnet. Ich hätte nur nicht erwartet, einen Tok'ra hier vorzufinden."

Bei einem Kampfeinsatz vor einigen Monaten hatte ein Goa'uld von ihr Besitz ergriffen, weil sein alter Wirt tödlich verwundet worden war. Aber es war kein Goa'uld wie die anderen gewesen. Durch ihn hatte sie zum ersten Mal von den Tok'ra erfahren, einer Widerstandsbewegung innerhalb der Außerirdischen. Sah man von dieser speziellen Notsituation ab, übernahmen die Tok'ra im Gegensatz zu den anderen Goa'uld niemals gewaltsam einen Wirtskörper und versklavten das Bewusstsein des ursprünglichen Besitzers nicht, sondern sie gingen eine echte Symbiose zum beiderseitigen Nutzen mit ihm ein. Auch der Tok'ra, der damals von ihr Besitz ergriffen hatte, wäre bereit gewesen, sie wieder zu verlassen, sobald er einen Wirt gefunden hätte, der ihn freiwillig in sich aufgenommen hätte. Dazu war es jedoch nicht mehr gekommen. Stattdessen hatte er sein eigenes Leben geopfert, um ihres zu retten.

Streng genommen waren auch die Tok'ra Goa'uld, aber sie hassten diese so sehr, dass sie nicht einmal mehr den Namen mit ihnen teilen wollten. Ihr Ziel war es, die Terrorherrschaft der Systemlords zu brechen, und deshalb bekämpften sie sie, so gut es ihnen möglich war. Im Gegenzug wurden sie von den Goa'uld erbarmungslos gejagt. Wenn Anubis wusste, dass sich einer von ihnen hier befand, dann war es kein Wunder, dass er alles daran setzte, das Versteck der Rebellen zu finden.

Mo'kla kam ihr entgegen und lächelte sie freundlich an, während er ihre Hände ergriff.

„Ich freue mich, dich wieder zu sehen", sagte er mit der verzerrten Stimme des Symbionten in ihm. „Als wir uns das erste Mal trafen, hatten wir wegen des Angriffs der Goa'uld keine Gelegenheit, miteinander zu sprechen."

„Ich freue mich ebenfalls", entgegnete Sam und erwiderte sein Lächeln. „Nur fürchte ich, wir haben auch diesmal nicht viel Zeit."

„Nein", bestätigte Mo'kla. Er machte eine Geste in Richtung der anderen Jaffa. „Lasst uns allein", bat er. Er wartete, bis sie den Raum verlassen hatten, dann führte er Sam zu der Sitzgruppe, wo auch Val'ar saß. Es waren seltsam klobige Gebilde, die nur entfernt Ähnlichkeit mit Stühlen besaßen, doch als Sam darauf Platz gekommen hatte, stellte sie fest, dass man recht bequem darauf sitzen konnte. Da sie in den Raumschiffen oder Stationen der Goa'uld noch niemals solcherart Sitzmöbel entdeckt hatte, nahm sie an, dass es sich auch hierbei um eine Hinterlassenschaft der früheren Kultur auf diesem Planeten handelte.

„Wie geht es dir?", wandte sie sich an Val'ar.

„Es ... ist alles noch sehr fremd für mich", erwiderte die Jaffa zögernd. „Aber körperlich geht es mir gut, wenn du das meinst." „Wir müssen uns über vieles unterhalten", wandte Sam sich wieder an Mo'kla. „Aber zunächst einmal: Wie geht es meinem Vater? Hast du ihn in letzter Zeit gesehen?"

„Es ist schon einige Wochen her, seit ich ihn zuletzt traf, aber da ging es ihm ausgezeichnet. Du brauchst dir um ihn keinerlei Sorgen zu machen."

„Na ja, immerhin gehört er zu den von den Goa'uld am meisten gehassten und verfolgten Wesen", wandte sie ein.

Auch ihr Vater, Jakob Carter, war seit einiger Zeit Mitglied der Tok'ra. Ungefähr zu dem Zeitpunkt, als das StarGate-Team erstmals mit ihnen in Kontakt geriet, hatte Sam erfahren, dass er unheilbar an Krebs erkrankt war. Nur die Verschmelzung mit Selmak, einem Tok'ra, dessen alter Wirtskörper im Sterben lag, hatte ihn retten können. Diese Verschmelzung war zugleich auch ein Symbol für das Bündnis zwischen den Menschen und den Tok'ra – ein wenig fruchtbares Bündnis bislang allerdings, denn seit dieser Zeit hatten sie nichts mehr von den Tok'ra gehört.

Und nun stand sie einem von ihnen unverhofft gegenüber.

„Leider sind es keine glücklichen Umstände, die uns zusammengeführt haben", fügte sie hinzu. „Ihr müsst fliehen, solange es noch möglich ist. Tak'kor erhält immer mehr Verstärkung, wir haben es gesehen. Hunderte von Jaffa, die mit schwerem Kriegsgerät durch das SternenTor gekommen sind."

Mo'kla lächelte erneut.

„Du hast Recht und auch wieder nicht. Wir werden uns eine neue Zuflucht suchen müssen. Wir haben bereits mit den Vorbereitungen für eine Evakuierung begonnen. Seit Anubis weiß, dass wir auf Anxion sind, können wir uns auf Dauer hier nicht verstecken. Aber um überhaupt durch das SternenTor fliehen zu können, musste zunächst der Weg bereitet werden. Die Krieger, dic du gesehen hast, sind unsere Verbündete. Sie haben Anubis' Stützpunkt mittlerweile erobert. Auch deine Freunde befinden sich bei ihnen."

„*Was?*“ Fassungslos starrte Sam den Tok'ra an. „Willst du damit sagen, dass wir völlig umsonst geflohen und in der Wüste fast umgekommen wären? Wir hätten nur am SternenTor zu landen und uns zu erkennen geben brauchen?“

Sie wechselte einen raschen Blick mit Val'ar, die bislang so gut wie gar nichts gesagt hatte. Die Jaffa war merklich blasser geworden.

„So ist es“, bestätigte Mo'kla. „Deine Freunde befinden sich bereits auf dem Weg hierher. Sie haben sich große Sorgen um dich gemacht, da sie gehofft hatten, dich bei dem Angriff auf den Stützpunkt befreien zu können. Ihr habt beide großes Glück gehabt. Wir haben euch geortet, als ihr während des Sandsturms über unseren Stützpunkt hinweggeflogen seid. Später hat eine unserer Aufklärungssonden das Wrack eurer Flugscheibe entdeckt und wir haben uns auf die Suche nach euch gemacht.“

„Und uns zum Glück auch gefunden“, ergänzte Sam. Sie konnte immer noch kaum glauben, dass sie sich völlig unnötig in Lebensgefahr gebracht hatte und sie sämtliche Strapazen, die sie durchlitten hatte, hätte vermeiden können. „Allerdings wäre ich ohne euch wahrscheinlich gar nicht erst in diese Schwierigkeiten geraten. To'lok hat mir erzählt, dass ihr euch einiges von der Technik der früheren Bewohner Anxions zunutze gemacht habt. Ich nehme an, dazu gehören auch die Roboter, die Anubis' Krieger und auch mich gestern am SternenTor angegriffen haben.“

Mo'kla nickte.

„Das war ein bedauernswertes Versehen“, entschuldigte er sich gleich darauf. „Wir haben die Roboter hier vorgefunden. Die Goa'uld konstruieren so etwas nicht. Warum sollten sie auch, wenn ihnen Jaffa als lebende Maschinen in fast unbegrenzter Zahl zur Verfügung stehen?“ Seine Stimme klang bitter. „Aber so mächtig diese Kolosse auch sind, sie reagieren sehr schwerfällig und sind schwer fernzusteuern, außerdem ist ihre Treffgenauigkeit bei kleinen, beweglichen Zielen nicht sehr hoch.“

„Zum Glück, sonst wäre ich wohl bereits tot.“

„Wie ich schon sagte: Das war ein bedauerliches Versehen. Wir haben erst zu spät erkannt, dass du nicht zu Anubis’ Leuten gehörst. Da hatte bereits eine der Maschinen das Feuer auf dich eröffnet. Als wir unseren Fehler bemerkten, haben wir sie so rasch es ging zurückgezogen.“

„Auch ich wäre fast von einem dieser ... *Dinger* getötet worden, wenn Sam mich nicht gerettet hätte“, warf Val’ar ein. „Aber mein Leben ist trotzdem zerstört worden. Ich habe alles verloren, woran ich geglaubt habe, was mir etwas bedeutet hat. Ich weiß nicht einmal, wohin ich gehen kann.“

„Du kannst bei uns bleiben“, bot Mo’kla ihr an, doch Val’ar schüttelte den Kopf.

„Tak’kor glaubt, ich wäre eine Verräterin, aber das bin ich nicht. Ich habe Anubis ewige Treue gelobt. Zwar kann ich nach allem, was geschehen ist, nicht mehr *für* ihn kämpfen, aber ich werde mich auch nicht *gegen* ihn stellen. Ich will nur einen Platz finden, an dem ich den Rest meines Lebens in Frieden verbringen kann.“ Sie lächelte schmerzlich. „Ein seltsamer Wunsch für eine Kriegerin, die von Kindheit an nichts anderes als kämpfen gelernt hat, nicht wahr?“

„Nicht wirklich“, widersprach Mo’kla ernst. „Den meisten hier geht es so wie dir. Sie sind im Grunde keine Rebellen sondern nur Flüchtlinge. Sie wollten nicht länger Sklaven der Goa’uld sein und für sie kämpfen, sondern sich nach ihren eigenen Vorstellungen irgendwo ein Leben in

Freiheit aufbauen, deshalb sind sie geflohen. Es sind Anubis und die anderen Systemlords, die sie immer wieder zum kämpfen zwingen, wenn sie sie irgendwo aufspüren. Vielleicht wird es auf der nächsten Welt, wo sie sich verstecken werden, besser sein, und sie können zumindest einige Jahre in Frieden leben, ehe sie entdeckt werden. Überlege dir, ob du dich ihnen anschließen möchtest."

„Vielleicht", antwortete Val'ar unentschlossen, doch in ihrer Stimme klang wieder ein Anflug von Hoffnung mit. „Ich werde darüber nachdenken."

In diesem Moment wurde die Tür geöffnet und Jack O'Neill streckte den Kopf herein.

„Ist das hier ein privates Gespräch oder darf man daran teilnehmen?", fragte er grinsend.

UNTER BESCHUSS

1

Sam hatte mehr als eine Stunde gebraucht, um von ihren Erlebnissen zu berichten und sich anzuhören, was Jack, Daniel und Teal'c erlebt hatten. Auch Sha'tar hatte sich zu ihnen gesellt und ihnen einen tieferen Einblick in die Struktur der Rebellen vermittelt; so hatten sie erfahren, dass es sich bei der ganzen Truppe nur um knapp hundert Männer und Frauen handelte. Während Sha'tars Leute den Rebellen halfen, alles nützliche Material aus dem Stützpunkt zum SternenTor zu bringen, das bereits auf das neue Ziel eingestellt war, wurde der ehemalige Vertraute der Katzengöttin immer unruhiger.

„Wie wäre es, wenn wir dies Gespräch an einem anderen Ort fortsetzen?", ergriff Sha'tar schließlich das Wort. „Ich fühle mich erst wieder wohl, wenn wir von Anxion verschwunden sind. Wie lange wird die Evakuierung noch dauern?"

„Ein paar Stunden sicherlich noch", antwortete der Tok'ra. „Wir haben sehr viel Material hier, das wir nur ungern zurücklassen möchten. Wir würden jedes fehlende Stück später bedauern. Aber es gibt keinen Grund, dir Sorgen zu machen. Es gibt zur Zeit keinen sichereren Ort auf diesem Planeten als hier. Außerdem halten wir das SternenTor ständig offen, sodass niemand sonst es benutzen kann, und selbst wenn Tak'kor vor seiner Kapitulation einen Notruf an Anubis abgeschickt hat, wird dieser Tage brauchen, bis er mit Kriegsschiffen hier sein kann." „Schon, aber mir ist nicht gerade wohl bei dem Gedanken, dass zumindest *ein* Kriegsschiff bereits über unseren Köpfen im Orbit kreist. Bastet ist nicht dumm. Es dürfte sie schon stutzig gemacht haben, dass wir ein anderes Ziel für das SternenTor angewählt haben. Sie wird bald merken, dass hier unten etwas nicht stimmt und nachsehen kommen. Zwar habe ich ihr nur ungenaue Angaben über die Lage dieses Stützpunktes gemacht, aber sie würde uns den Weg zum SternenTor verstellen.“ Wie zur Bestätigung seiner Worte kam in diesem Moment To'lok aufgeregt in den Raum gestürzt. Sein Gesicht zeigte nacktes Entsetzen.

„Unsere Orter haben zwei Schlachtschiffe der Goa'uld erfasst, die soeben aus dem Hyperraum gekommen sind, darunter auch Anubis' Flaggschiff“, stieß er hervor. „Sie werden Anxion in wenigen Minuten erreichen.“ Sha'tar stieß ein Wort aus der Sprache der Jaffa hervor, bei dem es sich nur um einen Fluch handeln konnte, und sprang auf.

„Anubis muss sich bereits auf dem Weg befunden haben, sonst könnte er nicht so schnell hier sein“, rief er.

„Was ist mit Bastet?“, fragte Sam. Auch ihr war ein eisiger Schreck in die Glieder gefahren. Nachdem sie bereits geglaubt hatte, sich in Sicherheit zu befinden, erwies sich diese Hoffnung nun als trügerisch. „Wenn sie sich den Schiffen entgegenstellt, verschafft uns das wertvolle Zeit.“

„Das würde sie niemals tun“, behauptete Sha'tar. „Im Gegenteil, sie wird alles daran setzen, dass niemand eine Verbindung zwischen ihr und den Vorgängen hier ziehen kann. Schließlich ahnt sie nicht, dass ich ihren Plan an Tak'kor verraten habe.“

„Bastets Schiff hat bereits fluchtartig das System verlassen, als die beiden anderen Schiffe aufgetaucht sind“, bestätigte To'lok. „Wir müssen sofort fliehen!“

„Anubis weiß nicht, wo dieser Stützpunkt liegt“, erinnerte Mo’kla, der von ihnen allen zumindest äußerlich noch am ruhigsten war. „Er kann uns also nicht aus dem Orbit bombardieren, sodass uns keine unmittelbare Gefahr droht. Außerdem kann er nicht wissen, was in den letzten Stunden passiert ist. Er wird also erst einmal einige seiner Leute zu seiner Station schicken, wenn er keinen Fernkontakt mit Tak’kor aufnehmen kann. Dann erst wird er seine Todesgleiter schicken, um uns am SternenTor anzugreifen, aber bis dahin haben wir es mit etwas Glück schon alle durchschritten. In der Nähe des Tores kann er keine schweren Bomben abwerfen. Die Gefahr, es zu beschädigen oder gar zu zerstören, wäre zu groß, und dieses Risiko wird er nicht eingehen.“ Mit raschen Schritten ging Mo’kla auf die Tür zu. „Beeilen wir uns. Wir können mit einem unserer Transportgleiter zum Tor fliegen.“

Sie hasteten durch die Gänge der Station, als sie plötzlich ein ungeheurer Schlag bis in die Grundfesten erschütterte. Der Boden bebte so stark, dass sie fast von den Füßen gerissen wurden. Sam hatte das Gefühl, ihr Trommelfell würde platzen.

„Verdammt, was war das?“, rief O’Neill. Obwohl er fast schrie, hörte sie seine Stimme nur wie ein gedämpftes Flüstern. In ihren Ohren rauschte und dröhnte es.

„Bomben!“, brüllte Sha’tar zurück. „Sie werfen aus dem Orbit schwere Bomben auf uns, genau wie Bastet es mit Tak’kors Stützpunkt gemacht hat. Anscheinend weiß Anubis sehr wohl, wo wir uns befinden.“

„Aber das ist unmöglich!“, beharrte To’lok. „Es sei denn, jemand hätte uns verraten.“ Eine weitere Explosion ertönte, gefolgt von einem dumpfen Grollen und Rumoren.

„Darüber können wir später noch diskutieren. Jetzt sollten wir erst einmal zusehen, dass wir hier wegkommen, bevor der ganze Laden über unserem Kopf zusammenbricht!“, drängte O’Neill. „Wohin?“

Mo’kla zögerte einen Moment.

„Mit den Gleitern kommen wir bei dem Bombardement nicht mehr weg. Wahrscheinlich sind der Hangar und die Startvorrichtung sogar schon…“

„Wohin?“, brüllte O’Neill noch einmal.

Der Tok’ra fuhr herum.

„Folgt mir!“

Sie liefen den Gang ein Stück in der Richtung zurück, aus der sie gekommen waren, bis Mo’kla vor einer Tür stehen blieb und sie öffnete. Dahinter lag ein Treppenschacht. Eiserne Stufen führten in die Tiefe.

So schnell es ging, hasteten sie die Stufen hinunter, während über ihnen immer häufiger schwere Explosionen ertönten. Sie kamen an mehreren anderen Türen vorbei, doch Mo’kla ignorierte sie.

Sam schätzte, dass sie mindestens dreißig, vierzig Meter in die Tiefe gestiegen waren, bis sie den Boden des Treppenschachts erreichten und in einen weiteren Gang einbogen. Die Station musste sich über zahlreiche Stockwerke erstrecken und weitaus größer sein, als sie gedacht hatte. Die ganze Zeit über begegnete ihnen niemand.

Nach einer weiteren heftigen Explosion begann das Licht über ihren Köpfen kurz zu flackern.

„Kommt mir irgendwie bekannt vor“, stieß Sam hervor. „Als ihr Anubis’ Stützpunkt angegriffen habt und ich fliehen konnte, war es fast genauso.“ „Von welchem Angriff sprichst du?“, gab Mo’kla verwirrt zurück.

„Ich meine…“ Sam brach ab und blieb so abrupt stehen, dass Daniel fast mit ihr zusammengeprallt wäre. Ein furchtbarer Verdacht stieg in ihr auf und sie hoffte inbrünstig, dass sie sich irrte. Mit einem Mal jedoch passte alles zusammen. Schon als sie erfahren hatte, um wie wenige Leute es sich bei den Rebellen handelte, hätte sie stutzig werden müssen. „Willst du damit sagen, dass ihr nach meiner Gefangennahme Anubis' Stützpunkt nicht angegriffen habt?“, vergewisserte sie sich dennoch.

„Natürlich nicht“, erklärte der Tok'ra. „Mit unseren bescheidenen Mitteln wäre ein solcher Angriff Selbstmord gewesen. Genauso gut hätten wir uns alle selbst erschießen können.“

„Und euer Angriff begann wirklich erst, als der Sandsturm fast vorbei war?“, wandte sie sich an Jack und Sha'tar, doch sie bekam keine Antwort mehr.

Alles ging so schnell, dass keiner von ihnen Gelegenheit zum Reagieren fand, zumal keiner der anderen die Gefahr ahnte. Mit einer blitzartigen Bewegung fuhr Val'ar herum. Sie versetzte dem neben ihr stehenden Daniel einen harten Schlag und riss ihm das Gewehr von der Schulter, entsicherte und legte auf sie an, während sie gleichzeitig von ihnen zurückwich.

„Keiner bewegt sich!“, befahl sie. „Ich erschieße jeden, der auch nur nach seiner Waffe zu greifen versucht!“ Sie wandte sich Carter zu. „Du warst ein bisschen zu vertrauensselig. Und jetzt leider ein bisschen zu clever.“

„Nein, ich war viel zu dumm“, widersprach Sam bitter. „Ich hätte es von Anfang an merken müssen. Unsere Flucht war viel zu einfach. Ein paar vermeintliche Explosionen, die es in Wahrheit nicht einmal gab, wir kommen frei und gelangen fast ohne Schwierigkeiten aus dem Stützpunkt heraus. Was war ich doch für ein Narr, dass ich nicht gemerkt habe, dass alles nur fingiert war."

„Anderenfalls wärst du keine zehn Meter weit gekommen", bestätigte Val'ar. Jegliche gespielte Freundlichkeit und Unsicherheit war aus ihrem Gesicht verschwunden und ihre Augen blickten so kalt und hart, wie Sam es noch nie bei ihr gesehen hatte. „Ich würde Anubis niemals verraten. Tak'kor ließ mir einen starken Peilsender unter die Haut implantieren, ehe er mich mit dir in eine Zelle steckte. Wir sollten gemeinsam fliehen, damit du mich geradewegs zu den Rebellen führst, denn wir waren fest davon überzeugt, dass ihr euch mit ihnen verbündet hättet."

„Deshalb dein Wutanfall, als du merktest, dass ich wirklich nicht wusste, wo ihr Stützpunkt liegt." Zornig funkelte Sam sie an und überschlug ihre Chancen, die Jaffa mit einem überraschenden Sprung zu erreichen und zu entwaffnen, doch die Distanz zwischen ihnen war einfach zu groß.

„Nun, auf Umwegen ist der Plan ja doch aufgegangen. Und fast hätte ich auch noch herausgefunden, wo euer neues Ziel liegt und euch dorthin begleitet. Aber so ist es auch gut." Sie blickte Mo'kla verächtlich an. „Anubis wird hoch erfreut sein, einen Tok'ra lebend in die Hände zu bekommen."

„Wenn wir nicht bald von hier verschwinden, wird überhaupt keiner von uns überleben, auch du nicht", mischte sich O'Neill ein. Immer wieder gab es Explosionen und der Boden bebte fast unentwegt. Wahrscheinlich waren die oberen Stockwerke des Stützpunkts bereits vollständig zusammengebrochen und die Zerstörungen begannen nun, den ganzen Komplex zu gefährden.

Val'ar zögerte einen Moment, dann nickte sie.

„Wohin bringst du uns Tok'ra?", herrschte sie Mo'kla ungeduldig an.

„Zum SternenTor", antwortete er ruhig. „Ich habe einen unterirdischen Stollen geschaffen, der bis ganz in die Nähe führt. Da ihr uns den Weg über die Oberfläche blockiert habt, wären wir auf diesem Weg unbemerkt geflohen, sobald er fertig gewesen wäre."

Sam wusste sofort, was er meinte. Die Tok'ra besaßen ein spezielles Quarz, das sie gezielt und mit ungeheurer Geschwindigkeit wachsen lassen konnten. Auf diese Art legten sie ihre stets unterirdischen Stützpunkte an und zerstörten sie auch wieder, wenn sie weiterzogen.

„Legte eure Waffen auf den Boden, aber schön langsam und einer nach dem Anderen", befahl Val'ar. „Und versucht keine Dummheiten. Ich kann euch vielleicht nicht alle töten, aber ein paar von euch erwische ich mit Sicherheit. Du zuerst!" Sie machte eine Kopfbewegung in Teal'cs Richtung.

„Tu, was sie sagt", verlangte O'Neill. Er wusste, dass der Jaffa viel zu stolz war, um Val'ars Anordnung zu befolgen. So aber ließ Teal'c die Waffe widerstrebend sinken. Die anderen folgten seinem Beispiel. Lediglich Mo'kla und To'lok trugen keine Waffen bei sich.

„Und jetzt vorwärts!", ordnete Val'ar an.

Genau wie die anderen setzte sich Sam gehorsam in Bewegung. Als sie sich nach einigen Schritten noch einmal umblickte, sah sie, dass die Jaffa das Gewehr mit der für sie vertrauteren Strahlenlanze Teal'cs vertauscht hatte.

Hinter einer Tür am Ende des Korridors begann der Stollen, von dem Mo'kla gesprochen hatte; ein scheinbar unendlich langer, halbkreisförmiger Gang, dessen ganz aus

Quarz bestehende Wände von innen heraus leuchteten und wie vielfach geschliffene Kristalle funkelten. Es war nicht das erste Mal, dass Sam ein solches Gebilde zu sehen bekam, aber der Anblick war dennoch ungeheuer beeindruckend.

Sie traten in den Stollen hinein und hasteten weiter, bis Mo'kla kurz vor einer Biegung plötzlich stehen blieb und sich umdrehte.

„Was soll das?“, herrschte Val'ar ihn an und richtete drohend die Strahlenlanze auf ihn. „Lauf weiter, Tok'ra, oder ich töte dich.“

„Das glaube ich nicht“, erwiderte Mo'kla mit einer Festigkeit und Selbstsicherheit in der Stimme, die selbst Sam verwirrte. „Sieh dich doch mal um.“

Seine Augen leuchteten für einen Augenblick auf und im gleichen Moment begann sich der Stollen hinter Val'ar zu verändern. Ein verschwommenes Wabern bildete sich und wuchs zu einer flimmernden Kristallwand heran, die sich ihr rasch näherte.

Sam sog erschrocken die Luft ein. Sie wusste, was das Phänomen zu bedeuten hatte. Die Tok'ra vermochten ihr Quarz anzuregen, dass es zu Stollen und Räumen heranwuchs, aber auf die gleiche Weise vermochten sie es auch dazu zu bringen, sich wieder zusammenzuziehen, sodass sie niemals Spuren hinterließen, wenn sie gezwungen waren, einen Stützpunkt aufzugeben.

Am meisten war es wohl ihre Reaktion und die der anderen, die Val'ar veranlasste, tatsächlich einen Blick über die Schulter zurückzuwerfen. Mit einem erschrockenen Schrei fuhr sie vollständig herum, als sie die Kristallwand auf sich zu rasen sah. Gleich darauf umhüllte das Flimmern sie und schien sie aufzusaugen. Wo sie gerade noch gestanden hatte, erstreckte sich nun eine massive Wand aus Quarz. Nachdem sie Val'ar verschlungen hatte, rückte sie nicht mehr weiter vor.

Schaudernd wandte Sam den Blick ab.

„Der verdiente Tod für eine Verräterin", sagte Mo'kla hart. „Kommt weiter."

Er führte sie um die Biegung des Stollens, wo ein Gefährt stand, das Sam an eine Art Pick-up mit offener Fahrerkabine erinnerte, nur dass es keine Räder besaß, dafür aber ein Düsenaggregat am Heck.

„Steigt auf, schnell", forderte Mo'kla sie auf und deutete auf die Ladefläche, während er sich selbst auf den Fahrersitz schwang. „Uns bleibt nicht mehr viel Zeit. Zu Fuß würden wir Stunden bis zum SternenTor brauchen."

Wortlos kamen sie seiner Aufforderung nach.

2

Hinterher wusste Sam Carter nicht mehr zu sagen, wie sie die Fahrt mit dem Gefährt überstanden hatte. Es erreichte eine schier unglaubliche Geschwindigkeit. Mit sicherlich weit mehr als zweihundert Stundenkilometern waren sie durch den engen Stollen gerast und Sam war nicht die Einzige, die mit wackeligen Beinen von der Ladefläche herunterkletterte, nachdem Mo'kla es schließlich wieder zum Stehen gebracht hatte.

„Ich habe den Stollen in den letzten Minuten noch weiter wachsen lassen", erklärte er. „Wir dürften uns jetzt fast unter dem SternenTor befinden."

Er richtete seinen Blick auf das Ende des Ganges. So wie die Wand am jenseitigen Ende ihnen bei der Auflösung näher gekommen war, so entfernte diese sich jetzt von ihnen. Vor ihren Augen verlängerte sich der Stollen und stieg dabei leicht an.

Dann plötzlich riss die Wand auf und bildete eine Öffnung, die ins Freie führte. Unregelmäßig aufflackernder Lichtschein war dahinter zu sehen und das Donnern von Explosionen ertönte, doch wurden sie nur von Strahlenschüssen hervorgerufen. Wie Mo'kla gesagt hatte, schien es Anubis nicht zu wagen, in unmittelbarer Nähe des SternenTors schwere Bomben einzusetzen.

Ein Bild wie aus einem Alptraum erwartete sie, als sie den Stollen verließen. Ein wahres Gewitter unablässiger Strahlenblitze machte die Nacht zum Tag. Mehrere Dutzend Todesgleiter, die am Himmel dahinrasten, hatten das Feuer auf einige wenige Jaffa eröffnet, die sich noch vor dem SternenTor verschanzt hatten und den Beschuss mit ihren Strahlenlanzen und zwei der fahrbaren Geschütze, die Sha'tar beim Angriff auf Anubis Stützpunkt eingesetzt hatte, erwiderten. Die übrigen Geschütze waren bereits zerstört, aber zahlreiche brennende Gleiterwracks zeigten, dass auch die Angreifer einen hohen Preis bezahlen mussten.

Wieder eröffnete eines der Geschütze das Feuer. Einer der heranrasenden Gleiter explodierte von einem Moment zum anderen in einem grellen Flammenball, aber fast gleichzeitig verwandelten die Energieblitze aus mehreren anderen Gleitern die Stelle, an der sich das Geschütz befand, in eine Feuerhölle.

„Warum tun sie das?", fragte Sam verstört. Es war verrückt: Val'ar, der sie vertraut hatte, hatte sich als Verräterin entpuppt, während ihre vermeintlichen Feinde sich nun als die treuesten Verbündeten erwiesen. „Warum sind sie nicht längst geflohen? Gegen die Todesgleiter haben sie doch keine Chance."

„Sie verteidigen das Tor, weil sie auf uns gewartet haben", antwortete Sha'tar. „Und jetzt lauft, wenn ihr nicht wollt, dass ihr Opfer umsonst ist!"

Wie Mo'kla gesagt hatte, befanden sie sich nicht viel weiter als hundert Meter von dem schimmernden Energiefeld des aktivierten SternenTors entfernt, doch Sam kam es vor wie hundert Kilometer. Alles schien wie in Zeitlupe abzulaufen. Die Sekunden dehnten sich zu Stunden, und obwohl sie so schnell rannte, wie sie nur konnte, hatte sie das Gefühl, kaum von der Stelle zu kommen.

Ohne sich abgesprochen zu haben, fächerten sie auseinander und entfernten sich im Laufen ein Stück voneinander, statt in einer gemeinsamen Gruppe zu laufen, wodurch sie ein leicht zu treffendes Ziel geboten hätten.

Sie brachen fast die Hälfte der Strecke hinter sich, ehe die Piloten der Todesgleiter auf sie aufmerksam wurden und auch sie unter Beschuss nahmen, aber die zweite Hälfte wurde zu einem Lauf durch die Hölle.

In einem irren Zickzack-Kurs rannte Sam zwischen den abgestürzten Gleiterwracks, kleinen Explosionskratern im Sand und auch vereinzelten Leichen von Jaffa hindurch, während rings um sie her ein Strahlenblitz nach dem Anderen einschlug.

Irgendwie gelang es ihr, das Inferno lebend zu überstehen, und wie durch ein Wunder schafften es auch die anderen fast alle. Lediglich To'lok konnte sie nirgendwo entdecken, wie sie mit einem Anflug von Trauer feststellte, als sie kurz vor dem SternenTor noch einmal einen Blick zurückwarf.

Im nächsten Moment stürzte sie sich zusammen mit ihren Begleitern und den letzten beiden noch lebenden Jaffa-Kriegern in das Energiefeld hinein.

3

„Wo, zum Teufel, haben Sie bloß so lange gesteckt?", polterte General Hammond, als sie aus dem SternenTor auf der Erde heraustraten, doch die Erleichterung in seinem Gesicht war unverkennbar. „Sie hatten den ausdrücklichen Auftrag, nur eine kurze Erkundungsmission durchzuführen." Das SternenTor auf Hellfire hatte sie zunächst zur neuen Zuflucht der Rebellen gebracht, eine unbewohnte Welt, deren Koordinaten und Anwahlcode man ihnen aus Sicherheitsgründen nicht genannt hatte. Von dort aus waren sie wenig später zur Erde weitergereist.

„Ich freue mich auch, Sie zu sehen, General", antwortete O'Neill feixend. Gleich darauf salutierte er übertrieben zackig. „SG-1 meldet sich vom Einsatz zurück. Melde gehorsamst: Auf SRX 225 gibt es nichts mehr, was für uns noch von irgendwelchem Interesse wäre. Wir haben gründlich aufgeräumt."

„Lassen Sie den Unsinn, Colonel!", stieß Hammond hervor. „Sie ahnen gar nicht, was wir uns für Sorgen um Sie gemacht haben. Wir wollten Ihnen sogar ein weiteres Team hinterherschicken, aber das SternenTor auf SRX 225 war ständig blockiert. Also berichten Sie schon, was passiert ist."

„Mit Verlaub, Sir, aber das ist eine zu lange Geschichte, um sie so auf die Schnelle zu erzählen", wandte Jack ein. „Außerdem würden wir uns gerne erst eine Weile ausruhen."

„Also gut." Hammond musterte sie einen nach dem Anderen. „Lassen Sie sich erst einmal von Dr. Fraiser verarzten, nehmen Sie eine heiße Dusche und ziehen Sie frische Sachen an. In zwei Stunden erwarte ich Sie zu einem ausführlichen Bericht im Konferenzraum. Schlafen können Sie anschließend."

Ohne ein weiteres Wort drehte er sich um und verließ den Raum.

Sam lächelte matt. Es tat gut, wieder zu Hause zu sein.

ENDE